不帰《かえらず》ノ嶮《けん》 殺人山行

梓 林太郎
Azusa Rintaro

文芸社文庫

目次

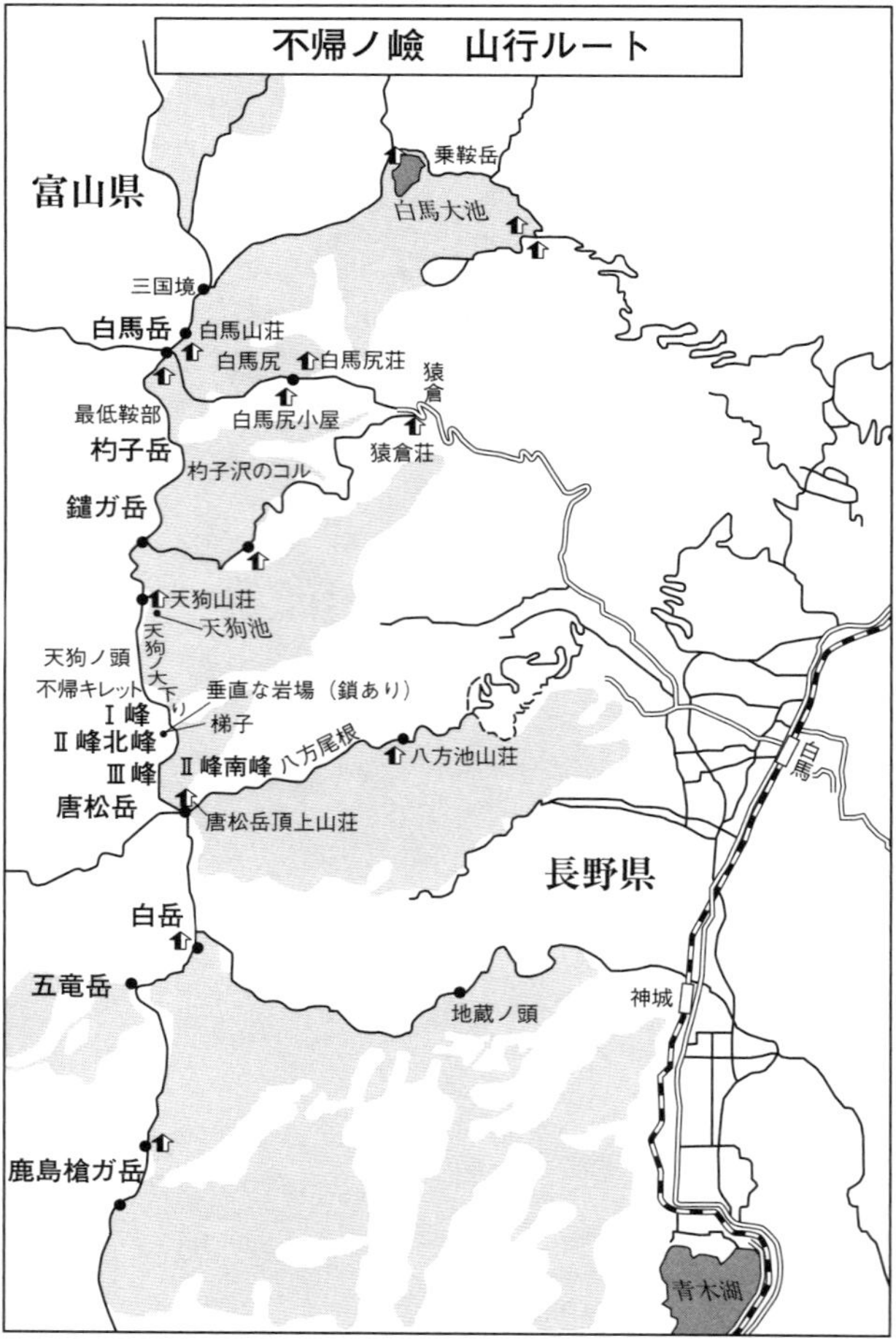
不帰ノ嶮　山行ルート
乗鞍岳
富山県
白馬大池
三国境
白馬岳
白馬山荘
白馬尻
白馬尻荘
猿倉
最低鞍部
白馬尻小屋
杓子岳
猿倉荘
杓子沢のコル
鑓ガ岳
天狗山荘
天狗池
天狗ノ大下り
天狗ノ頭
不帰キレット
垂直な岩場（鎖あり）
I峰
梯子
II峰北峰
白馬
八方池山荘
III峰
II峰南峰
八方尾根
唐松岳
唐松岳頂上山荘
長野県
白岳
五竜岳
神城
地蔵ノ頭
鹿島槍ガ岳
青木湖

一章　不帰《かえらず》Ⅱ《に》峰北峰《ほうほっぽう》

1

長野県の北アルプス山岳遭難救助隊十八人は、唐松岳頂上《からまつだけちょうじょう》山荘をめざして八方尾《はっぽうお》根《ね》を登っている。北アルプス北部と南部の救助隊に属するえりぬきの合同隊だ。雪解け期が訪れ、登山者が増える。遭難防止のため、冬期に荒れた登山路を見回るために彼らは登ってきたのである。

きょうは五月十日。こんもりとした丸みをもった八方尾根は雪におおわれている。岩のあいだの吹きだまりには二メートルぐらいの積雪があった。右手の唐松沢《からまつざわ》から吹き上げる風が強くなってか、尾根の上部に張っていた薄い霧が取り払われ、緩い傾斜の前方がよく見えるようになった。前方の雪の上に登山者の黒い影が並んでいた。

八方池《はっぽういけ》を越えた。右手前方に突然、不帰《かえらず》ノ嶮《けん》が容《すがた》を現わした。唐松岳寄りのⅢ峰《さんぽう》は雪面に黒い縞《しま》をつくっていた。悪相の岩肌が雪の上に現われたのだ。Ⅲ峰はA、B、Cの三つのピークから成っている。Ⅱ峰は双耳峰《そうじほう》で、北峰、南峰に分かれている。鋸《きょ》歯状《しじょう》岩峰群のあいだを、霧が岩肌を舐《な》めるように這《は》いのぼっている。霧にⅠ峰《いちほう》が隠れるとⅡ峰が頭を出し、Ⅰ峰とⅡ峰が霧を浴びるとⅢ峰が尖《とが》った岩塔を見せたりした。

不帰ノ嶮とは、ここにきたら帰ることは不可能というほど峻険《しゅんけん》な岩峰であることから、その名がついた。登山が探検であった時代には、鹿島槍《かしまやり》の八峰《はちみね》キレット、穂高《ほたか》の大《おお》キレットとともに、最悪で通過困難な代表的難所とされていた。

北の白馬岳《しろうまだけ》側から渉《わた》ってくると、天狗《てんぐ》ノ頭《かしら》から不帰ノ嶮の最低鞍部《あんぶ》まで、岩稜《がんりょう》を一気に三〇〇メートル下《くだ》ることになる。これが「天狗《てんぐ》ノ大下《おおくだ》り」である。もしもスリップしたら一巻の終わりだ。

救助隊は午後二時十分、唐松岳南東下、標高二六二〇メートルの、唐松岳頂上山荘に到着した。隊員の中に紫門一鬼《しもんいっき》が入っている。

十八人のうち十六人が警察官である。紫門ともう一人は民間人で、救助隊員募集に応募して採用されたのだった。

紫門は青森市出身で、三十三歳。東京の教都《きょうと》大学を卒業して、大手機械メーカーに就職し、七年間勤務していたが、長野県の山岳遭難救助隊に入るために四年前に退職した。彼は夏山シーズンの七、八月は、穂高に囲まれた涸沢《からさわ》に、登山指導や警備をかねた常駐隊員として勤務する。そのほかは松本《まつもと》市内のアパートに住み、アルバイトで収入を得ている。

遭難事故が発生すると、彼が所属している救助隊の拠点になっている長野県警豊科《とよしな》署から出動要請の緊急連絡が入る。彼はそれに応じて飛び出すのだ。だからアルバイト先は彼が救助隊員であることを理解している。

唐松岳頂上山荘は白馬三山《さんざん》から不帰ノ嶮を経て、五竜《ごりゅう》、鹿島槍への本格的な後立山《うしろたてやま》縦走の基地、それから八方尾根から唐松岳を経由して、黒部峡谷《くろべきょうこく》の祖母谷《ばばだに》温泉へ下る「唐松越え」ルートの中間基地としての役割を持っている。

救助隊員は雪に濡れた山靴を脱ぎ、熱いコーヒーを飲めるものと期待していたのだが、山小屋は重い空気に包まれていた。十八人の靴音をきいた支配人が出てくると、「遭難事故発生」を告げた。

「現場は？」

今回の指揮を執《と》っている豊科署の小室《こむろ》が一歩前へ出てきいた。

「不帰です」

小室は唇《くちびる》を噛《か》んだ。

隊員は一瞬眉《まゆ》をひそめた。不帰ノ嶮を渉ったことのない隊員は一人もいない。後立山連峰きっての難所であることを充分知っているからだった。

「三十分ほど前に、大町署へ事故の発生を連絡しました。そうしたら十八人の隊員がそろそろ着くころだといわれたものですから……」

いまかいまかと待っていたのだと、支配人は緊張した顔で話した。

約三十分前、丸腰《まるごし》の登山者が一人、山小屋へ倒れ込むように入ってきた。同行者が不帰ノ嶮の最難所であるⅡ峰の登りで転落した。同行者は岩につかまって呼んだが、声は返ってこない。ロープを携行していないから、岩場を下って転落した者を助けることは不可能と判断し、最寄《もよ》りのこの山小屋へ救助を求めにやってきたのだという。

「この人です」

支配人は後ろに立っている中年男を振り向いた。転落した登山者のパートナーである。

「樋口直重《ひぐちなおしげ》といいます」

そういった男の顔は蒼黒く見えた。四十三歳だという。疲れきっているように柱にもたれた。

小室は紺色のユニホームの袖口をめくった。

樋口のいう遭難現場へは二時間を要する。天候もよいとはいえない。

小室は樋口を椅子《いす》にすわらせ、きょうは救助に向かうことはできないと話した。

樋口は首を垂《た》れた。額《ひたい》に手をやり涙をこぼした。

小室はラウンジで樋口から、同行者の遭難のもようを詳《くわ》しく話させることにした。

樋口の周りを、山靴を脱いだ隊員が囲んだ。窓には岩肌に雪を貼りつけた山が映っている。

「転落したのはニュージーランドからやってきた、エドワード・ウィバースという男です」

「何歳ですか？」

「四十六です」

「登山経験は？」

「十代のころからニュージーランドの山に登っているということです。私はあちらで彼と知り合ったんですが、長年、登山経験を積んでいるということでした」

遭難したのがニュージーランド人ときいて、紫門は樋口に近い椅子に移った。彼はかねてからニュージーランドへ行きたいと考えていた。恋人の片桐三也子《かたぎりみやこ》と話し合い、来年は行こうと計画を立てている。

――樋口とウィバースは、五月八日、東京を列車で発《た》ち、白馬村《はくば》に着いた。左の車窓に後立山連峰が映り始めると、ウィバースは声を上げた。中学生のように車窓に額をつけていた。

その日は八方の東急《とうきゅう》ホテルに泊まることにしていた。ホテルに着くと二人は裏庭から出て、白馬ケーブル乗り場とその付近を散歩した。

八方尾根を仰いで、一九九八年二月、冬季オリンピック長野大会のスキー滑降競技がここで行なわれたと話した。近くには白馬ジャンプ競技場があることも説明した。白馬から唐松へ縦走し、下山後二人は、ふたたび白馬村のホテルに泊まって白馬村内の観光を楽しむことにしていた。

夕食に二人はワインを一本飲んだ。ウィバースは和牛のステーキの美味《うま》さに舌鼓《したつづみ》を打《う》った。ニュージーランドでは、羊も牛も鹿も食べるが、こんな美味い牛肉を食べたのは初めてだといい、挨拶にきたシェフと握手した。

二人は八時にそれぞれの部屋へ帰った。樋口は九時前にはベッドに入った。

翌五月九日は、午前六時にホテルを出発。タクシーで猿倉《さるくら》まで行った。二人はここでザックを背負った。ザックにはアイゼンを結《ゆ》わえつけた。

ニュージーランドの氷河歩きを何度も経験しているウィバースにとって、大雪渓《だいせっけい》の登りは軽いハイキング程度だった。過去に白馬へは二度登っている樋口が遅れがちになるほどウィバースの足は速かった。休んでいる何組かの登山パーティーを二人は追い越した。この雪渓は針ノ木《はりのき》、剱《つるぎ》の雪渓とともに日本三大雪渓と呼ばれているのだと、樋口は話した。長さ約二キロ、幅約一〇〇メートル、標高差は六〇〇メートルあまりある大雪渓は、夏場の最盛期には、登山者が長い列をつくるが、全山雪におおわれているいまは、前後にスキーヤーと登山者の黒い点がいくつか見える程度だった。

樋口とウィバースは、午後三時に白馬山荘に到着した。まず順調といえる。ウィバースは、千五百人収容可能な白馬山荘の規模と、レストランや部屋を見て回り、立派な山岳ホテルだといった。

あすの岩稜越えにそなえて二人は、酒の量を控えることにし、夕食時に缶ビール一本ずつにとどめた。

食堂で、英語の達者な男性がウィバースに話しかけた。ウィバースはその男に機嫌よく応じた。

夕方小雨が降ったが、夜半《やはん》にはやんだ。あすの天気は曇りということだった。

五月十日、つまりきょうは、午前四時少し前に起床した。夜中に樋口は二度、目を開けたが、隣のベッドのウィバースは軽い寝息をたてていた。

出発まぎわ、昨夜とはべつの青年にウィバースは声をかけられた。青年はどこからきたのかときいた。ウィバースはその男の問いかけに笑顔で応《こた》えた。

午前四時五十分、二人は唐松岳頂上山荘めざして出発した。出発前、山荘の従業員にきょうの天気予報を尋ねた。日中は曇り、夜は雨だといわれた。

白馬岳付近には薄い霧が張っていた。その中をスキーをかついで出て行く人がいた。

天狗ノ頭で初めて登山者に出会った。唐松側から縦走してきた二人連れだった。おたがいに声をかけ合ってすれ違った。天狗ノ頭を過ぎると尾根が瘦《や》せてきた。ウィバースの足取りはしっかりしていた。長年の登山経験が岩の踏み方に表われていた。

天狗ノ大下り口に立ったときは、さすがのウィバースも声を上げた。落差三〇〇メートルの陥没が目の前に広がり、その彼方《かなた》に雪を貼りつけた大岩壁と痩せ尾根と尖った岩峰が連《つら》なっていたからだ。樋口は六、七年前ここを経験していた。それは七月のことで、急な登りでは先を行く登山者にしばらく待たされたものだった。

天狗ノ大下りを下りきった。不帰ノ嶮の最低鞍部である。ここで休んでいるうち不帰沢《かえらずのさわ》からガスが這い昇ってきて、二人の着衣を濡らした。それまで見え隠れしていた岸峰も姿を消した。

Ⅰ峰の富山側の急登《きゅうとう》で樋口はウィバースに遅れた。ウィバースはときどき何メートルか先から大声で樋口を呼んだ。Ⅰ峰とⅡ峰間の鞍部は霧が停頓《ていとん》しているように暗かった。ここからが不帰ノ嶮の最難所だと、樋口はウィバースに追いついて教えた。氷片や落石が降ることを考え、二人は少し間隔をあけることにした。

ウィバースが大岩を抱えるようにして登り始めた。彼がクサリを摑《つか》みながら登っているると思われる音がわずかにきこえた。その五、六秒後だった。霧の中で人声《ひとごえ》がかすかにきこえた。逆のコースの唐松岳方面から渉ってきた人たちの声だろうと樋口は思った。その直後、悲鳴をきいた。それはウィバースの声のようだった。樋口は大声で霧の中を呼んだ。が、返事はきこえてこなかった。

「誰か、誰かいないか」

と呼んだが、それに応じる声も返ってこなかった。

樋口はクサリを摑み、アングルに足を掛けてウィバースを呼んだ。喉《のど》から血の出るような声で何度も呼んだが、彼の声もしなかった。

彼はウィバースが転落したのを知った。岩に這ってはみたが、非情な霧は陥没の底を見せようとしなかった。山はますます暗さを増した。頭の上に雪の塊《かたま》りが降ってきた。

彼は岩と岩のあいだにザックを押し込むようにして置いた。丸腰になったほうが最寄りの山小屋へ早く着けるからだった――

樋口直重の話をきき終わると、紫門は窓辺に寄った。皮肉なことに霧が散り、天狗ノ頭が見えていた。いますぐに現場へ急いだら、ウィバースという男を助けることができるのではないかと、彼は白と黒以外に色のない岩壁の折り重なりをじっと見つめた。

2

唐松岳周辺は翌朝も薄い霧に包まれていた。

昨夜雨が降ったが、払暁《ふつぎょう》には上がり、雲が西へ流れていた。

樋口直重と十八人の救助隊は、午前六時半に不帰ノ嶮Ⅱ峰の岩をまたいでいた。Ⅱ峰北峰の垂直に近い岩壁を下ったところで、霧が薄くなるのを待つことにした。天気予報だと後立山方面は晴れということだった。風も弱い。そのぶん霧の動き具合が遅かった。

隊員以外にこの難所を渉る登山者はいなかった。

唐松岳頂上山荘には、きょう白馬岳まで縦走する計画の登山者がいたが、きのう遭難事故が発生したのをきき、出発を遅らせるか、計画変更を考えているらしかった。

岩のあいだの雪は凍っていた。ピッケルで突くと白い光が飛散した。

東面に太陽の薄い光が当たり始めた。雪と岩が輝いた。昨夜の雨で黒々と濡れている岩もある。富山側はたそがれのように暗かった。岩に吊るしてあるクサリや針金や、埋め込まれたアングルに雫《しずく》がたまっていた。

「ここだったと思います」

樋口は、きのうの午後、ウィバースが短い悲鳴とともに消えた地点に立ち、岩に両手をかけて頭上を仰ぎ、足下をのぞいた。彼の右側がナタで削《そ》ぎ落《お》としたような垂壁《すいへき》で、足下は鋭い角度をもった四角い岩だった。縦走路は、いくつかの角張った岩を足場にしてまたぎ、Ⅱ峰北峰の登りに取りつくようにつけられている。赤ペンキのマークが岩の角度に沿って描かれていた。

小室は樋口の話をきいて、隊員にロープを二本下ろさせた。

岩の割れ目にボルトがねじ込まれ、ハーケンを打つ音が岩に貼りついている雪をはがすように反響した。

紫門と及川《おいかわ》が下降を命じられた。及川は豊科署員で、紫門と同《おな》い歳《どし》である。

約五メートル下りると、踏み台のような三〇センチ四方ぐらいの岩があった。ここを墜落したとしたら、最初にその岩に激突したと思われる。その下は岩溝《いわみぞ》のようにせばまっていた。チムニーが煙を吐いているように薄い霧が這い昇っていた。

五、六メートル下りると、また岩の突起があった。紫門はそれに膝《ひざ》を突いて下をのぞいた。

ウィバースは赤のジャケットに黄色のザックを背負っていたというが、それらしい物は見当たらなかった。

紫門の三メートルほど左側を下りている及川が、四角い岩に腰掛けるようにして紫門を呼んだ。彼は左のほうを指差していた。なにかを発見したらしい。

及川の指示で、彼の左側をもう一人の隊員が降下してきた。紫門と及川もロープを伝って垂直に下りた。苔《こけ》の生《は》えた岩棚《いわだな》があった。その雪の上に赤い物がかすかに見えた。

紫門と及川は、ロープに支点を打って左に移動した。暗いチムニーを霧が逃げていった。

赤く見えた物は、人間だった。先に岩棚に下り立った隊員がホイッスルを吹いた。遭難者発見の合図を上部に伝えたのだ。

遭難者の下半身は雪に埋まっていた。赤いジャケットに黄色のザックを背負っている。ウエストベルトを締めているからザックが離れなかったのだ。横を向いている顔を紫門はのぞいた。口の周りを髭《ひげ》が囲んでいた。明らかに日本人ではなかった。右の靴先だけが雪の上に出ていた。おそらく転落したところへ、雪が落ちてきて下半身を埋めたのだろう。ウィバースに違いない大柄な男は眠っているように目を閉じていた。顔は蒼かった。

三人はせまい岩棚の上で、遭難者に向かって手を合わせた。

遺体にロープを掛けた。遺体を傷つけないように引き上げるのが彼らの仕事である。ザックから腕を抜いて、鞍部へ引き上げるのに一時間半を要した。遺体と対面した樋口は、ウィバースであることを認めると、彼の腕を摑んで号泣《ごうきゅう》した。「私がついていながら、こんなことになってしまって、すまない」と英語で話しかけた。

遺体をI峰側へ引き上げた。

霧が消えていた。ヘリコプターが唸《うな》って近づいてきた。

ヘリが下ろしたロープにウィバースの胴を巻いたロープをひっかけた。そのあと樋口がヘリに引き上げられた。

白馬岳からやってきたらしい登山パーティーが、岩に寄りかかって救助隊の作業を見ていた。足が震えて歩けないといっているような格好だった。

「そのロープは？」

小室が、紫門の持っている黄色と紺色の編みロープを見てきいた。

「おロクさん（遭難遺体）の近くにありました」

小室はロープを手に取った。太さは一〇ミリで長さは一〇メートル足らずである。

「新しそうです」

「初めて使った物なのかな？」

小室は首を傾《かし》げた。

冬場や残雪期にロープを携行する登山者は珍しくないが、一〇メートル足らずという長さが半端だった。アンザイレンといって、危険な場所の登降時や霧が出た場合、パートナーとロープでからだを結び合って通過することがある。たがいにはぐれないためである。雪崩《なだれ》の危険のある山腹などを横切る場合、これをすることもある。もしもパートナーが雪に埋まっても、ロープを手繰《たぐ》れば埋まったところが分かるからだ。

難所の不帰ノ嶮を通過する登山者が、このロープを落としたのだろうか。

紫門は拾ったロープをザックに押し込み、遺体収容に使った物を、及川らとともに回収した。

救助隊は当初の計画を変更して、全員唐松岳頂上山荘でひと休みしたあと、八方尾根を下って大町《おおまち》署へ帰ることになった。指揮官の小室が、思いがけず遭難者捜索と遺体収容に当たったたため、隊員が疲労していると判断したからだった。

八方尾根には風があったが、晴れていた。八方池から白馬三山や不帰ノ嶮を眺めているハイカーがいた。

紫門は下りながらザックに入れてある拾ったロープのことが気になった。ウィバースは不帰ノ嶮でも最難所のⅡ峰北峰への登りで転落して死亡した。難所であるからそこにはクサリが設けてある。慎重にクサリを頼りに渉れば、そう時間のかかるところではない。危険地帯だから恐ろしい名がついてはいるが、難所とされているところでは、わりに事故は少ないものである。気合いを入れ、一歩一歩細心の注意を払って登降するからだ。

きのうきいた樋口の話だと、ウィバースは十代のころから山に親しみ、ニュージーランドのアルプスに分け入っており、何日間かをかける山行《さんこう》も経験しているということだった。

ニュージーランド南島には、有名な秀峰マウント・クックがある。主峰は三七六四メートルだから、標高においてはヒマラヤ地方の山群の比ではない。が、その周辺は氷河に囲まれている。そこが日本の山とは異なっている。当然、日本のアルプスのように登山道は整備されていないだろう。紫門は一度はクック山へ登ってみたいと考えている。

何年か前、山岳情報誌を見ていたら、クック山は登山禁止になっているという記事が出ていた。山頂付近は崩壊が進んでいて近寄るのは危険だというのだった。クック山に登るには氷河をツメるのだが、急登の氷壁が崩壊しているところもあって、登降不可能なコースがあるという話をきいたこともある。

富士山と標高があまり変わらない山なのに、周囲の条件はきわめて厳しそうである。そういう山に馴《な》れているウィバースが、残雪があるとはいえ、クサリやアングルを埋め込んで整備してある日本の岩峰で転落死した。

二人登山で、パートナーと間隔を開けていたとはいえ、悲鳴がきこえるほどの近さで事故を起こした。不帰Ⅱ峰へ取りついたが、何メートルも登らないうちに転落したことになる。

紫門の頭に、また拾ったロープが浮かんだ。なんとなくウィバースとそのロープは、関係がありそうな気がしてきたのである。

3

ウィバースの検視はとうに終わっていた。彼を検《み》た検視医は、転落による全身打撲と判断した。しかし転落のもようを同行者の樋口から詳しくきいた刑事が遺体の解剖を要請した。ウィバースが薬物でも服用していなかったかを疑ったのだった。

ウィバースは五月五日に、単独でクライストチャーチから成田《なりた》へ到着した。これを樋口が空港で出迎えた。

彼はかねてから訪日を希望していた。樋口に案内されて日本を観光すること、北アルプスに登ることと、もう一つ目的があった。それはかつてニュージーランドで知り合い、ニュージーランドで事故死した日本人の墓参りをすることだった。東京滞在中は中野《なかの》区の樋口家に宿泊することにしていて、五月五日、六日、七日と予定どおり樋口家に泊まり、樋口の家族と団欒《だんらん》をともにした。

知人の墓へは六日に参った。そこへも樋口夫婦が案内した。上野《うえの》の寺にある坂上《さかがみ》家の墓だった。その前に彼は、墨田《すみだ》区内の坂上家を訪問していた。

このときウィバースは、「家族に会ってくるから、一時間ほど待っていてくれないか」と樋口夫婦に告げて、坂上家を訪ねた。ちょうど一時間で樋口夫婦が待っている場所へもどってきた。

七日は樋口夫婦と都内見物に出掛け、新宿で山行に必要な副食品を買った。そのあと樋口の二人の子供とホテルで落ち合い、五人で夕食をした。ウィバースは天ぷらをたいそう気に入ったようだった。

ウィバースは風邪もひいていなかったし、なんの薬も飲んでいなかった、と樋口は係官の質問に答えた。

樋口は大町署から、クライストチャーチに住むウィバースの妻に電話を掛け、涙声で彼の遭難を知らせた。自分が同行していたのに、申し訳なかったと、繰り返し謝った。妻は泣き崩れたと、彼は係官に話した。

樋口の家族三人が、大町へくることになった。きょうじゅうに到着するという。

大町署では樋口と家族のためにホテルを用意した。

ウィバースの遺体は松本市へ搬送された。信州《しんしゅう》大学医学部法医学教室で解剖されるのである。解剖結果は今夜七時ごろ発表されるという。

救助隊はいったん解散をした。来週あらためて登山路の点検に登ることを決めた。

紫門は、小室や及川と一緒に車で豊科署へ帰ることになった。

「ウィバースの家族は、こっちへくるんでしょうか？」

車内で紫門は小室に話しかけた。

「遺体引取りにくるんじゃないか。松本で荼毘《だび》に付《ふ》すだろうな。……そうだ。現場で拾ったロープはどうした？」

「大町署の五味《ごみ》さんに渡しました」

五味は北部山岳遭難救助隊の主任である。

「彼にロープの疑問を話してみたか？」

「ウィバースの左手首に、ロープを巻きつけたような跡が残っていたから、あるいは彼が使った物じゃないかといっていました」

「彼がロープを使ったとしたら、なんのためだろう？」

紫門も及川も首を傾げた。

岩場にはクサリもアングルも設けられている。ウィバースにはそれが頼りなく思われたから、ロープを使おうとしたのだろうか。そうだとしたら、彼はロープを携行していたことになる。

きょうは拾ったロープのことを樋口には話さなかった。ウィバースがロープを持っていたかどうかは、あとで樋口にきけば分かるはずだ。

五月十一日。紫門は登山具を整備するために豊科署へ出勤した。遭難救助や遺体収容に使用した山具は、次の出動に備えて点検や整備が必要だからだ。殊《こと》にロープの点検は慎重にやらねばならない。たとえば岩角で傷がついたり、落石を受けた物は使わない。長い距離を墜落したクライマーを一度でも支えたロープも同様である。

大町署の五味主任から小室を通じて、紫門と及川に大町署へきてもらいたいという連絡が入った。

紫門は昨夜、松本のアパートへ帰ってからも、ウィバースの遺体の解剖結果が気になっていた。

五味は、「きのう現場で拾ったロープのことで話をききたい」といったという。

紫門と及川は、いったん床に置いた山具を元の位置にもどし、「未点検」の札をつけた。

二人が大町署の五味の席へ行くと、樋口が椅子に腰掛けていた。五味から質問を受けていたようだ。

紫門と及川の姿を見ると、樋口は立ち上がり、

「きのうはお世話になりました」

と頭を下げた。

「ゆうべはお寝《やす》みになれましたか？」

紫門がきくと、樋口は目を伏せて首を振った。親しい同行者を死なせた悔恨で、なかなか寝つけなかったのではないか。彼の顎《あご》には無精髭が伸びていた。

彼の妻と長女と長男が、昨夜大町市内のホテルに着き、深夜まで話し合っていたという。

五味は、紫門と及川を別室へ呼んだ。

「エドワード・ウィバースの死亡推定時刻は、きのうの午後零時ごろで、死因は全身打撲と判明した。不帰の岩場からの墜落だから、おそらく即死だったろう。同行者の樋口直重がいうウィバースの悲鳴をきいた時刻と一致しているし、彼が救助要請に唐松岳頂上山荘に着いた時刻から逆算すると、即死は間違いないと思う」

五味は、透明のポリ袋から黄色と紺色のロープを出して、テーブルに置いた。きのうウィバースが横たわっていた岩棚で紫門が拾って、持ち帰った物である。

「ウィバースの左手首にはロープを巻きつけたと思われる跡があった。その跡とこのロープを、解剖した先生に照合してもらったところ、ロープの編み目と手首の跡……これを『索溝内《さっこうない》に編み目が印像《いんぞう》されている』というのだが、両方が一致したんだ。だからウィバースは不帰Ⅱ峰北峰へ取りついたとき、このロープを左手首に巻いて摑み、何メートルかは登ったようだ。彼の体重がかかったから、手首にロープの跡が鮮明に残ったというわけだ」

「クサリがあるのに、ロープを……」

及川がつぶやいた。

「そこなんだ。クサリがあるのに、なぜロープに頼って登ろうとしたのかだ」

五味はロープを両手で引っ張った。太さは一〇ミリ、長さは九・二メートルである。

「その前に、クサリ場になぜロープがあったんでしょうか？」

紫門もロープの端を摑んだ。何度見ても同じだが新しい物である。

「登山者が捨てて行った物だろうな」

「ただ捨てたのでなくて、クサリかアングルに結わえつけてあったのだと思います。ウィバースは、このロープに頼って登る前に、安全を確かめるため、何回かは引っ張ってみたはずです。安全を確認できたので、それを摑んで登り始めたに違いありません」

紫門はロープを端から端まで入念に点検した。岩角で摩擦したと思われる跡が二か所あった。

「このロープを持っていた登山者は、ウィバースが墜落した場所で使ったんでしょうか？」

及川がいった。

「私は、いたずらの線を考えたんだが……」

五味は、どうだろうかというふうに紫門と及川の顔を見比べた。

「いたずらでロープを垂らしておいたというんですか?」

「クサリの脇にでも垂らしておいた。ウィバースは、いったんはロープを引っ張り、体重をかけてみたが、先端は固定されていた。だからロープに頼って登り始めたような気がする。だが簡単に結わえてあっただけだから、すぐにはずれた……」

「そうだとしたら悪質ないたずらです。ロープの端がはずれたら、それに吊り下がって登っていた者は、確実に墜落して死にます。殺人と同じ行為です」

紫門はやや高い声を出した。

「このロープの一端はほつれないように焼いてありますが、こっちの端は刃物で切ったままになっていますね」

及川が切り口に指を触れた。

片方が切ったままになっているのも妙である。たとえば登山用品店でロープを買うと、両端とも熱を加えてナイロン繊維を溶かし、ほつれないような処理をするものである。このロープを持っていた人は、二〇メートルか二五メートルの長さを買ったが、自分で九・二メートルに切断したのだろうか。

「半端な長さだ。この九・二メートルになにか意味があるんじゃないでしょうか？」

及川はロープを伸ばした。

紫門は、及川の伸ばしたロープを見ていたが、

「五味さん。同行者の樋口さんは、なぜウィバースのすぐ近くにいなかったんでしょうか？」

「私にもそこがひっかかっているんだ。樋口さんは、ウィバースの足の速さについて行くのが精一杯で、しばしば遅れることがあったといっている。天気がよくなかったから、ウィバースは早く山小屋に着きたかったようだ」

「コースを経験している者がトップに立つのが普通ですがね」

「天狗ノ大下りまで樋口さんが先に立っていたが、最低鞍部でウィバースとトップを交代したといっている」

ウィバースはニュージーランドで登山経験豊富だったというから、トップを交代することはあるだろうと紫門は思ってうなずいた。

「樋口さんとウィバースは、ニュージーランドで知り合ったということですが、そのきっかけをおききになりましたか？」

紫門は五味にきいた。

ウィバースとの出会いを、樋口はこう語ったという。

――一昨年の十二月、樋口は妻と一緒にニュージーランド旅行をした。先年、同国を訪れた友人からみやげ話をきいて、一度は行ってみたいと思っていた。妻も同国に憧れていた。

長女も長男も夫婦の旅行に賛成した。ガイドブックを買い、どこを回るかを夫婦で検討した。

南島のクライストチャーチに二泊し、友人にすすめられたアカロアを訪ねることにした。約二時間を要するが、乗ったバスがその往路で事故に遭った。日本人乗客は樋口夫婦だけだった。代わりのバスが到着するまで三時間ぐらいはかかるといわれた。

そこへウィバースが自分の車で通りかかった。彼は休暇をクライストチャーチの自宅で過ごし、アカロアの勤務先へ向かうところだった。事故に遭ったバスの運転手がウィバースに、樋口夫婦を送ってやってくれないかと頼んでくれた。ウィバースは快く引き受けた。

助手席に乗った樋口とウィバースは、約一時間の道中会話をした。その話の中で、ウィバースが一度日本へ行きたいという希望を持っていることを知った。彼は東京で知人の墓参りをしたいといった。その知人はニュージーランド旅行中に事故死したのだといった。

アカロアに着くと、ウィバースは落ち着いた雰囲気のレストランを紹介した。三人はその店で昼食を摂《と》った。樋口夫婦が、そこまで送ってくれた礼に昼食を一緒にしたいといったからだ。

食事中ウィバースは、もし訪日できたら日本の山にも登りたいといった。それをきいた樋口は、「私は学生時代から登山をしており、現在も年に何回かは山に登っている」と話した。

ウィバースは自分の山行歴を語った。マウント・クックに代表されるサザンアルプスと、それを囲む氷河を数えきれないほど歩いたといった。

樋口はウィバースと、妻のいることも忘れて山の話をし合った。ウィバースは、きょうまで休暇だといって、夫婦を車に乗せて付近を案内してくれた。

樋口夫婦はその日のうちにクライストチャーチのホテルに帰るつもりだったが、予定を変更して、ウィバースの紹介したアカロアのホテルに一泊することにした。夕食もウィバースと一緒だった。

樋口はウィバースに、日本へ招待させてくれといった。二人で北アルプスへ登ろうと誘った。

ウィバースは両手を広げて喜び、ホテルのレストランからクライストチャーチの自宅にいる妻に、樋口のいったことを伝えた。

樋口夫婦は、十日間のニュージーランド南島の旅行を楽しんだ。真っ白いマウント・

クックも仰いだ。帰りの飛行機に乗る前に、アカロアの観光会社で遊覧船の管理人をしているウィバースに電話し、旅行の感想を伝えた。またきたいといい、「今度あなたと会うのは日本だ」とつけ加えた――

4

「紫門君は、樋口さんを疑っているんだな?」

五味は顎を撫《な》でた。

「二人山行のパートナーが、一人が転落する瞬間を見ていない点がひっかかるんです。樋口さんの話だとウィバースは登山経験が豊富です。そういう人がクサリのある岩場で、ロープを摑んで墜落した。……このロープを樋口さんに見せましたか?」

「見せた。彼はウィバースはロープを持っていなかったといっている」

樋口とウィバースは、東京を出発する前、おたがいの装備品を点検し合った。したがってウィバースがザックにどんな物を入れたかを樋口は見ているのだった。

「樋口さんのその話が事実だとすると、ロープは遭難現場にあったということになりますね」

「ロープは、不帰Ⅱ峰北峰の岩場に垂れ下がっていたんだ。安全が確認できたから、ウィバースはそれに頼った……」

　五味は念を押すようにいった。

「ウィバースが先に立っていて、樋口さんが少し遅れたのを見ている人はいませんね」

「いまのところ、樋口さんの話を信用するしかない」

「樋口さんが、ロープを携行していたと考えたら、どうでしょうか?」

「紫門君は、ウィバースの死を事件とみているようじゃないか」

　及川が口をはさんだ。

「これは事件です。何者かが、ウィバースを墜落させるためにロープを摑ませたような気がするんです」

「殺人だというんだね?」

　五味は紫門をにらんだ。

「断定するわけじゃありませんが、その線が考えられるということです」

　三人で話し合った末、あす不帰ノ嶮の遭難現場を、あらためて検証することにした。これには刑事を立ち会わせる必要があった。現場で刑事とともに、どのようにしてウィバースが墜落したのかを検討するのだった。

　それには、ウィバースが摑んだロープと同じ太さと長さのロープを用意する。ウィバースが摑んだロープは重要な証拠物件であるから、保管することにした。

五味にいわれて、刑事課長と二人の刑事がやってきた。紫門と及川は、遭難現場のもようを詳しく説明した。

三十代の二人の刑事は登山経験があり、一人は白馬岳、唐松岳間の縦走を経験しているといった。

県警本部と連絡を取り合い、明日、唐松岳頂上山荘まで紫門らの救助隊員六人と二人の刑事を、ヘリコプターで運ぶことを決めた。

ウィバースの妻と娘は、今夜、成田空港に到着する。母子を迎えるために樋口の妻と長男が大町を出発した。

紫門と及川は、豊科署へ帰った。明朝の登山に備えて、山具を点検し、ザックに詰めた。

松本のアパートへ帰宅した紫門は、夜を待って片桐三也子の自宅に電話した。彼女は四年前、山岳救助隊に採用され、二年間、夏場の涸沢に山岳パトロールの一員として常駐した経験がある。紫門とは同期入隊だった。三也子は東京の出身大学の事務局職員だったが、山岳救助隊を務めるため、いったん退職した。救助隊をやめると元の職場に復帰したが、現在は臨時職員の待遇である。

彼女の身長は一七〇センチ。ひきしまったからだつきだ。大柄なわりに顔が小さい。

きわだつ美人ではないが、親しみの持てる顔だちをしている。二十八歳だ。紫門と週に一度は電話を掛け合っている。二か月に一度ぐらいのわりで、紫門が上京するか三也子が松本へやってくるかしている。

山岳救助隊員を経験した彼女のことだから、山岳遭難には殊のほか関心を持っていて、新聞などで北アルプス南部で発生した事故を目にするたびに、紫門に電話をよこす。彼が救助現場へ出動するから、そのもようをきくのだった。

紫門は、不帰ノ嶮で死亡したウィバースの事故を、彼女に話した。彼から長さ九・二メートルのロープのことをきいて、

「その人、なぜクサリ場にあったロープに頼って登ろうとしたのかしらね？」

と、受話器を握って首を傾げたようだった。

「ウィバースは、クサリを頼って登るつもりだったが、ロープを掴む状況が起こったのだとぼくは思っているんだ」

「ロープを誰かが垂らしたということ？」

「あらかじめロープが垂れていて、クサリよりもロープのほうが、登りやすいような工作がしてあったんじゃないかっていう気がするんだ」

「工作がしてあったというと、ウィバースという人を墜落させるためにということ？」

「そう。難所を安全に通過させる目的でなくて、殺害する意図があってだと思うんだ」

「ウィバースは二人山行だったんでしょ?」

「そうだ」

「それなら加害者は、樋口という同行者以外にはいないでしょ?」

「そこのところを、あした刑事と一緒に現場に立って、考えることにしている」

「樋口という同行者の職業はなになの?」

「中小企業を実兄と経営しているということなんだ。見たところ温厚そうで、犯罪なんかには無縁という感じだけどね」

紫門は、きょう五味からきいた樋口とウィバースの出会いを話した。

「ウィバースさんも、真面目で親切な人という印象だけど」

「あしたの現場検証で、刑事が事件性ありと判断すれば、樋口とウィバースの背景を洗うことになる」

「ウィバースさんは、樋口さん以外に日本には知人はいなかったのかしら?」

「ニュージーランドで事故死した日本人を知っていたらしい。今回の来日目的の一つに、その人の墓参も入っていたということだよ」

「よほど親しくしていた人なんでしょうね、お墓参りをするくらいだから」

「ウィバースは、今回、ニュージーランドで亡くなった人の家族にも会っているらしい」

「優しい人みたいね」

三也子は、不運なウィバースに同情しているらしかった。

「来年は計画どおり二人で、ニュージーランドへ行けるかしら？」

「行けるさ。そのための計画なんだから」

最近、ニュージーランドの文字を目にしたり、その国名をきくたびに、早く行きたいという気持ちが募《つの》ると三也子はいった。

「あしたは気をつけてね。天気はよさそうだけど」

彼女は紫門が山に登るたびに、朝夕、彼が登っている山のほうを向いて安全を祈願しているといった。

紫門は電話を切ると窓をのぞいた。深くて濃い藍色《あいいろ》の空にきらめく星は、小さな孤独な光の集まりのようだった。

5

五月十二日。唐松岳は風が強かった。白い雲が白馬三山方面へ尾根に沿うように流れていた。大町署の刑事をふくむ八人は、不帰Ⅲ峰とⅡ峰を越えて鞍部《せっぺん》に下りた。岩の狭間《はざま》を吹き抜ける風が岩角を研《と》ぐような音をさせ、隊員の蹴った雪片をさらっていった。ここへ初めて立ったという吉村《よしむら》刑事は、足がすくんでか蒼い顔をした。

唐松岳頂上山荘を発った三人パーティーが、Ⅱ峰北峰を慎重な足取りで、クサリを摑みながら下りてきた。雪のかたまりが無数に落ちてきた。

「気をつけてね」

及川がⅠ峰に取りつくパーティーに声を掛けた。

紫門らはクサリ場に九・二メートルのロープを垂らした。一端をアングルに結わえつけた。

ウィバースの体格は身長一八三センチ、体重は約八〇キロだ。そういう男がロープの安全を確かめて、いったんは体重をかけてみたに違いない。

体重七四キロの紫門がそれをやってみた。五、六回、ザックを背負ったまま体重をかけて引っ張った。上部で隊員がそれを見ている。アングルに結わえたロープは緩まず、はずれなかった。

「五回も六回も引っ張ったが緩まないロープだったが、それを摑んで登り始めたら、結びめがほどけたということかな?」

隊員の一人がいった。

「だとしたら、ウィバースは偶発的な事故で墜落したことになる。ロープを結んだ者には、これに頼って登ったらかならずロープははずれるという考えはなかったんじゃないか」

吉村刑事が、紫門のあとロープにぶら下がりながらいった。

登攀《とうはん》する人間の重量に耐えられず、かならずはずれるような結び方ができるものだろうか。はずれるような結び方をしておいたら、安全を確かめるために体重をかけて引っ張っているうちにはずれるような気がする、と紫門は意見をいった。

一昨日、ウィバースより先に、垂れ下がっていたロープに頼ってこの難所を登った登山者がいたことも考えられる。ウィバースが登り始めたら、結んだ個所《かしょ》がはずれた。そうだとしたら彼は不運な男である。

それにしても、クサリ場にロープを垂らしておいた登山者がいるということだ。それはなんのためか。ロープを垂らしておいた登山者が登るためだったのか。自分たちは登りきったが、ロープはそのまま放置して進んだということなのか。いずれにしろ登山者としてはルール違反である。もしもいたずらでそれをやったとしたら、きわめて悪質である。

「いたずらの線が濃厚だ」

刑事がいった。

春山にはロープを携行してくる人がかなりいる。固定してあるクサリに補助として、ロープを使用したが、それを回収せず放置したのだろうと吉村もいった。

二人の刑事のその見解を紫門は支持できなかった。いたずらにしろ放置にしろ、クサリ場に吊り下がっていたロープを、登山経験豊富なウィバースが頼るだろうかと、彼は異論をとなえた。

二人の刑事は、紫門の意見を無視するように上空を仰いだ。強い風と雲行きを気にしたようだった。


大町署へ帰った一行に、刑事課長と救助隊の五味主任が加わって会議を開いた。

各人の意見をきいた刑事課長は、事件性が充分考えられるといった。彼が疑惑を抱いたのは同行者の樋口だった。ウィバースとの出会いや、彼を日本へ招いたというのは、樋口夫婦の一方的な話である。

刑事課長は、遺体引取りに今夜来日するウィバースの妻から、樋口の話が事実かどうかを詳しくきくという。そこで矛盾を感じたら、樋口の背景を調べることにするといった。

ウィバースの妻と娘は、今夜八時ごろに成田空港に到着する。東京のホテルに宿泊し、あすの朝の列車で大町へやってくることになっている。

紫門は帰宅すると三也子に電話した。彼女は彼からの電話を待っていた。

「ゆうべ、あなたの話をきいて、こんなことを想像したの」

彼女はいった。

じつは樋口を殺したい人間がいた。その人はなんらかの方法で彼の山行スケジュールを入手した。白馬岳から唐松岳へ縦走するのを知り、彼を遭難に見せかけて殺害するつもりだった――

「樋口とウィバースを間違えたというんだね？」

「当日は、霧が張っていたんでしょ？」

「霧は濃くなったり薄くなったりした。特定な人間を狙うとしたら、人違いしないために、じっくり観察するはずだ。樋口の身長は一七〇センチ程度だし、着ている物の色も違う。樋口を殺そうとした人間は、彼を近くで見て、着衣の色なんか目に灼《や》きつけているはずだよ。濃霧の中でなければ、人違いということは考えられない」

「そう……」

「しかし、樋口を殺そうとしていた人間がいたとしたら、同行者を巻き込むのはしかたがないと考えても不思議じゃないね。トップに立っていたウィバースを墜落させ、そのあとで樋口を殺《や》るつもりだった。どういう方法で殺そうとしたか知らないが、樋口が遅れたため、その計画を実行できなかった。考えられないことじゃないよ」

「樋口という人には悪いけど、彼には誰かに生命《いのち》を狙われるような背景があるのかもよ」

「もし君の想像どおりだとしたら、犯人は二人が泊まった白馬山荘から不帰ノ嶮まで尾《つ》けていたのかな？」

「唐松岳頂上山荘に泊まって、不帰ノ嶮で縦走してくる二人を待ちかまえることもできたわね」

きょうの現場検証でも、大町署での会議の席上でも、樋口を狙った者の犯行ではなかったかという見方をした人はいなかった。

大町署の刑事の中には、ウィバース殺害は樋口の犯行ではないかという見方がある。いずれ樋口がどういう人間であるかを調べることになるだろう。

「わたし嫌だわ」

三也子の声が細くなった。

「なにが？」

「紫門さんと知り合うまで、山での遭難を、殺人じゃないかなんて考えたこともなかったのに……」

「ぼくの影響だっていうんだね？」

「そうよ。だってあなたが山岳遭難を疑って調べたら、殺人だったケースが何件もあったでしょ。このごろは山の遭難にかぎらず、新聞で事故死の記事を目にすると、じつは事件なんじゃないかって疑って、記事を読み直す癖がついちゃった」

彼女はそういってから、来週は松本へ会いに行きたいといった。

「来週は、後立山の登山コース点検がある。思いがけない事故に遭遇したために、延期になったからね」

「じゃ、その次の土曜ね」

三也子は、その前に遭難事故が発生しないことを祈るといった。北アルプスで事故が起きると紫門は出動しなくてはならないからだ。

次の日、紫門は、昨夜三也子のいったことを、自分の想像ということにして、小室主任に話した。

小室は、「まさか」といわず、樋口を殺そうとした人間にウィバースが巻き込まれたことは考えられるといった。彼は大町署の五味主任に電話で、紫門の話を伝えた。五味は刑事課長に話してみるといったという。


ウィバースの妻と娘は、変わりはてた姿の彼に対面した。そのようすを見ていた大町署の何人かはもらい泣きをしたと、五味が豊科署へ電話してきた。

ウィバースの遺体は大町で火葬に付し、家族と一緒に故国へ帰ったという。

大町署では妻から、ウィバースの経歴をきいた。

彼は一九九六年一月まで警察官だった。最終勤務地はクイーンズタウン署。退職すると出身地のクライストチャーチに帰り、ホテルに勤務していたが、九七年四月、友人の紹介でアカロアの観光会社に就職した。妻と娘はクライストチャーチに住み、彼は毎週帰宅する。

大町署の刑事課長は、ウィバースの妻サリーから、彼と樋口の出会いをきいた。サリーはニュージーランドで樋口にもその妻にも会ったことはないが、夫から樋口という日本人夫妻に会ったことと、日本に招待されたことをきいた。夫は訪日を心から喜んで、その日のくるのを楽しみに待っていたと語った。

サリーのいうことと、樋口が語ったことはほぼ合っていた。

ウィバースは来日の翌日、墨田区の坂上家を訪ね、その足で上野の寺の坂上家の墓に参った。どういう知り合いだったかをサリーにきいたところ、「警察にいたころ知り合った人らしいが、わたしはその人に会ったこともないし、夫とどの程度親しかったかも知りません」と答えた。

坂上という人はニュージーランドで事故死したらしいが、と刑事課長がきくとサリーは、「そのようですが、詳しいことは知りません」と答えた。彼女は夫の死のショックで口数も少なく、終始ハンカチを口に当てていたという。

娘は父親似で、十七歳。目を真っ赤にして母親に寄り添っていた。樋口やその家族が気を遣って話しかけるのだが、ほとんど口を利《き》かなかったという。

二章　白い山、クック

1

五月十七日。大町署に所属する山岳救助隊の五味主任を指揮官とする十八人は、春山登山コース点検に八方尾根を登った。先週よりもいくぶん雪が解け、岩肌の露出部分が多くなった。

先週は、唐松岳頂上山頂に登り着いたとたんに、不帰ノ嶮での転落事故をきき、遭難者の捜索と遺体収容に当たったため、計画が変更されて全員下山したのだった。

先週と違ってきょうは霧が張っておらず、富山側の剱や立山連峰を眼前に望むことができた。北側には不帰ノ嶮を越えて白馬三山、南側には五竜、鹿島槍の白い稜線が連なっていた。

今回も紫門と及川が十八人の中に加わっている。

彼らが唐松岳頂上山荘に到着したとき、山小屋に登山者はいなかった。八方尾根にスキーヤーは数えきれないほどいたが、この時季、唐松岳へ登る人や後立山を縦走する人の数はごくかぎられている。

十八人は宿泊する部屋を割り当てられた。部屋でひと眠りする者もいたし、ラウンジのストーブを囲む者もいた。

紫門は支配人に会った。

「何度もご苦労さまです」

支配人は、遭難者ウィバースの収容と、二日後の現場検証のときのことをいった。

紫門はきいた。

「五月九日はここに何人泊まりましたか？」

支配人は夏場の最盛期は三百人以上が宿泊する日があるが、五月初旬は数人のはずである。

支配人はノートを開いた。

「五月九日は五人でした。毎年こんなものです」

本格的なシーズンは七月だといいたげである。

紫門は支配人に断って、五人の宿泊者の氏名と住所を写させてもらった。

「なにか気になることでも？」

支配人は紫門の目をのぞいた。

「亡くなったニュージーランド人の遭難のしかたが……」

「短いロープを摑んだために墜落したからですね」

「彼も同行者の樋口さんも、ロープは持っていなかったということです」

「その点は私も気になっています。クサリ場に垂れ下がっているロープを、なぜあの人が摑んだのか。クサリを摑んで登っていれば、あんなことにはならなかったはずです」

五月九日の宿泊者は、二人ずつのパーティーだった。住所は東京都内と千葉県と神奈川県だ。氏名から推《お》すと全員日本人のようである。この二組の十日の計画は、一組が白馬岳へ、もう一組は八方尾根を下ると記入していた。

「白馬方面から縦走してきて、ひと休みして下った人はいなかったでしょうか？」

支配人は額に手を当てて考えていたが、そういう登山者はいなかったと答えた。

「例のロープは、五月十日の何日か前から吊ってあったんでしょうか？」

支配人は眉間《みけん》に皺《しわ》を寄せた。

「ロープは水を吸ってはいましたが、霧や雪に濡れたもので、何日間もあそこに吊ってあったとは思えません。もしも何日も前から吊ってあったとしたら、不帰を渉ってきた登山者がここへ着いて、そのことを話しそうな気がします」

「そうですね。そういう話をきいたことはありません」

支配人は、ウィバースの家族か関係者は来日したのかときいた。

「奥さんと娘さんがきて、お骨にして帰国しました」

「初めて日本にきたのに……」

支配人は窓に顔を向けた。

きょうも窓には白い岩山が映っていた。

午後三時を過ぎると四人の登山パーティーが入ってきた。登山計画をきくと、八方尾根の往復だと答えた。この時季に不帰ノ嶮を渉る人はごく少ないようだ。

夜中に雨音をきいたが、翌朝は上がっていた。山襞《やまひだ》の底は霧の壺だった。

十八人の救助隊が不帰Ⅱ峰を鉄のハシゴに足をかけて下ったとき、信州側の岩壁に薄陽が差した。Ⅰ峰に取りつく前、全員は雪の上に膝を突いて合掌した。ウィバースの冥福を祈ったのだ。高度感のある岩場の雪が輝いた。この辺りでは雷鳥《らいちょう》をよく見かける。六月のことだったが紫門は雷鳥の親子連れに会ったことがある。ピッピッ、ピッピッという小さな鳴き声をきいて足をとめると、ガレ場に白と黒のまだらの親鳥がおり、雛が二、三羽ハイマツのあいだに見え隠れしていた。それを見て緊張感が緩んだものである。

白馬山荘は、日本最大の山小屋である。白馬岳直下、標高二八三〇メートル地点に三棟が並んでいる。夏場は大雪渓を登って付近のお花畑を見にくるハイカーで千人以上が宿泊する。

山岳救助隊は登山コースの点検を終えて、午後三時に到着した。山荘主任に、この時季は何人ぐらいが宿泊するのかときくと、

「五月、六月は平均二十人ぐらいです」

という答えが返ってきた。

紫門はここでも五月九日の宿泊者は何人いたかを尋ねた。

当日の宿泊客は十一人だった。登山者よりもスキーヤーのほうが多いという。十一人の中にはウィバースと樋口が含まれていた。

当然のことだが、五月十日の早朝、この山小屋を発ち、唐松岳頂上山荘へ向かうはずだったウィバースが、不帰ノ嶮で死亡したのを主任は知っていた。

ウィバースを記憶している人はいないだろうかと紫門がきくと、主任は目の大きい長身の男性従業員を呼んだ。

「その人のことなら覚えています。前日の午後三時ごろ二人で着きましたが、こんな大規模な山小屋はニュージーランドにはないといって、珍しそうにあちこちを見ていました。ぼくは一度だけニュージーランドへ行ったことがあったので、同行の人……」

彼はウィバースの同行者の名を思い出そうとした。

紫門が樋口という人だったというと、

「そうでした。とても英語の達者な人でした。ぼくは樋口さんの通訳でニュージーランドの思い出を話しました。そのあとこの山小屋の中を案内しました。スイートルームを見せると、ウィバースさんは、クック村のホテル・ハーミテイジ並みだといって、驚いていました」

ハーミテイジは国立公園内にある高級リゾートホテルで、客室の窓からクック山が一望できるようになっているると、紫門はガイドブックで読んだことがあった。

「ウィバースさんと樋口さんは、夕飯のときかそのあとで酒を飲んだでしょうか?」

「二人でビールを飲んでいたと思いますが……。詳しく調べたほうがいいですね」

彼は伝票を繰った。

樋口が支払いをした伝票には缶ビール二本が記録されていた。

二人が持ってきた酒を部屋で飲んだことも考えられるが、二人とも登山経験を積んでいるし、次の日に難所を縦走するのを承知していたのだから、深酒はしなかったろうと思われる。

従業員は、ウィバースには特別変わったようすはなかったといってから、

「九日の夕食のとき、ウィバースさんに話しかけていた若い人がいました。どんな話をしていたかはきこえませんでしたが、笑い合っていました。それから次の朝、靴を履いているウィバースさんに流暢な英語で話しかけた若い男の人がいました。外国人

と見ると話しかける人がよくいますね。そういう一人だったと思います」

「ウィバースさんの知り合いじゃないでしょうね？」

「いいえ。その人はたしか、どこからきたのかとか、これからどこへ登るのかをきいていました」

「ウィバースさんは、登山計画を話していましたか？」

「唐松岳へ縦走すると答えていました。若い人は、ウィバースさんと握手して、二人より先にここを出て行きました」

「九日の夕食のときウィバースさんと会話した人と、次の朝、彼に話しかけたのが誰だったか覚えていますか？」

従業員は五月九日の宿泊カードをめくり、

「この人と、この人だったと思います」

と、氏名の欄を指差した。

夕食時に話しかけたのは中島《なかじま》といって三十六歳。女性同伴で泊まったスキーヤーだった。十日の朝、出発の身支度をしているウィバースに話しかけたのは、冬芝《ふゆしば》という姓で二十七歳と記入されている。冬芝は単独行で、十日は白馬岳に登って、白馬村へ下山となっていた。

紫門は五月九日に宿泊した十一人のうち、樋口とウィバースをのぞく九人の氏名と住所をノートに書き取った。そのうち登山者は四人で、あとはスキーヤーだった。単独行の登山者は冬芝のほかにもう一人いた。三十歳の塩野《しおの》という男性で、白馬岳登山。あとの二人はパーティーで、白馬岳と小蓮華山《これんげさん》を経由して栂池《つがいけ》へ下ると記入してあった。

紫門は従業員に、五月十日朝の天候をきいた。曇りで薄く霧が張っていたが、登山に支障のあるような天候ではなかったという。

その朝のウィバースは上機嫌で、従業員に礼をいい、「グッドバイ」と手を高く挙げた。

二人はロープを持っていたかと、紫門はきいた。従業員は首を横に振った。

2

大町署の刑事課は、樋口直重の身辺を内偵した。ウィバースの死が他殺だとしたら、同行者の樋口を疑ってみるべきということになったのである。

樋口は実兄が社長をしている不動産会社の専務だった。兄弟で代表権を持っていた。樋口家は元から資産家だった。先代が新宿《しんじゅく》と渋谷《しぶや》区内に土地を買収してオフィスビルを建てた。兄弟が経営しているのはそのビルの管理会社である。べつにビルのメンテナンス会社もあって、弟の樋口はその会社の社長でもある。

業績は悪くなく、樋口の人柄については温厚といわれて特別な風評はない。事実上のトラブルの噂もない。

自宅は中野区の住宅街にある。妻、長女、長男の四人暮らしで、近所でも評判のよい家族である。

一昨年十二月、樋口夫婦が初めてニュージーランドへ観光旅行に行ったのを、近所の何軒かが記憶していた。民芸品をみやげにもらったという家もあった。

樋口家と親しくしている家の主婦は、ニュージーランドで知り合った男性を樋口夫婦が日本へ招待したことも、その男性が樋口と一緒に登った後立山で遭難死したことも知っていた。親しくしている家の主婦たちは、「亡くなった方はお気の毒ですが、案内した樋口さんもとんだ災難でしたね」といっている。

この内偵により、樋口がウィバースを殺害することは考えられないと結論した。

しかしウィバースは、岩峰不帰ノ険で長さ九・二メートルのロープに身を任せたために墜落して死亡した。クサリやハシゴを頼りに登る岩場にそのロープが吊り下がっていたから、彼はそれを摑んだのだ。ロープは自然に吊り下がったものではない。何者かが、登山者がかならずそれを摑んで登攀することを意図して吊り下げておいたものである。誰が摑むか分からない、いわば不特定な登山者を狙ったものとしたら、いたずらである。が、紫門はウィバースを殺害する目的をもって、最大の難所に吊ったものとにらんでいる。

紫門は初めから樋口の犯行とはみていない。なぜなら樋口にウィバースに対する殺意があったとしたら、ロープなど用いず、岩場で突き落とせばよかったのだ。縦走路には何百メートル墜落するか分からない落ち込みが何か所もあるのだ。突き落としておいて、ウィバースは岩場でバランスを崩して転がり落ちたといえばよいのだった。里での殺人はこうはいかない。落ちたら確実に死ぬような場所へ誘い込むのは至難である。したがってたいていの加害者は凶器を用いる。被害者のからだに凶器の跡が残るから他殺が明白になる。絞殺でも圧殺でも、他殺を隠すことは不可能である。

ウィバースに殺意を持っていた者は、ロープを使わないと彼を墜落させることができなかったのだ。

犯人は、垂直に近い岩場に固定してあるクサリを何メートルか引き上げておいたのだろうか。クサリがなければそこに吊り下がっているロープを掴む。ところがそのロープには八〇キロの体重をかけて登るうち、先端がはずれるような細工がしてあったのか。

大町署では五月十日に不帰ノ嶮を渉った登山者を調べた。

五月九日、白馬山荘に宿泊した人の中には樋口とウィバースのほかにいなかった。この逆コースの唐松岳頂上山荘に泊まり、白馬岳へ向かった二人パーティーがいた。この二人は十日に白馬山荘に泊まって、大雪渓経由で下山したことになっている。

白馬山荘と唐松岳頂上山荘の宿泊カードを見るかぎり、五月十日に不帰ノ嶮を通過することになっていたのは、白馬側からの樋口らと唐松側からの二人パーティーだけということである。

唐松側からの二人は、山小屋を発った時刻から推して午前六時ごろ不帰Ⅱ峰を越えたはずだ。

一方、白馬側からの樋口らは午後零時ごろ不帰Ⅰ峰を越えてⅡ峰に取りつくところだった。

大町署の刑事は、ウィバースが遭難した日、唐松側から白馬へ向かった二人を訪ねた。二人の住所は東京と千葉だった。

二人にべつべつに会い、不帰Ⅱ峰を越えたのは何時ごろかと尋ねた。二人の答えは合致していて、午前六時ごろといった。そのとき、不帰Ⅱ峰北峰の下りで黄色と紺色のロープを見たかときいた。二人とも、「そんな物は見なかった」と答えた。登山コースは一本しかないから、岩場にロープが垂れていれば目に入らないはずはなかった。

この二人が白馬山荘に何時ごろ着いたかを、同山荘に問い合わせた。午後二時ごろだったことが分かった。これも二人の答えと合っていた。

もしもこの二人がウィバースの到着を不帰Ⅱ峰北峰とⅠ峰の間で待機していたとしたら、午後二時ごろに白馬山荘に着くことはできなかった。

白馬側から縦走中の樋口とウィバースのパーティーに、どこかですれ違ったかときいたところ、午前十時ごろ天狗ノ頭だと答えた。先に樋口は、唐松方面から縦走してきた二人パーティーに天狗ノ頭ですれ違ったといっていた。

唐松側から白馬山荘へ縦走した二人は、日本人と外国人らしい二人以外の登山者には出会わなかったといった。

不帰Ⅱ峰北峰の上りに吊るされていたロープは、唐松側から縦走した二人がそこを通過したあと仕掛けられたことになる。ということは、五月十日、樋口らと唐松側から縦走した二人のほかにどちら側からか現場を通過した登山者がいたのだ。その登山者は、縦走でなく、たとえば信州側の谷底からⅠ・Ⅱ峰間ルンゼを登攀したのだろうか。あるいは富山側の西不帰沢をツメて、稜線に登ったのか。もしもそうだとしたら、冬山経験者というだけでなく、氷壁登攀を積んだ者である。

ウィバースを殺害するために登ったのだとしたら、彼の山行スケジュールを知っていた者ということになる。

紫門は、小室や及川と話し、ウィバースを殺害しようと狙っていた者がいて、彼の山行日程を入手していた可能性があると主張した。

「日本人と思うか？」

　小室がいった。

「日本人とはかぎりません」

「ニュージーランド人か？」

「どうでしょうか」

「ニュージーランド人だとしたら、本国からウィバースを追いかけてきたのかな？」

「日本にいる人間ということも考えられます」

「ウィバースに殺意を抱いていた人間がいたとしたら、彼の背景を詳しく洗わなくちゃならない。大町署がそこまでやるかな？」

「やらないでしょうね。大町署の刑事課は、ウィバースは悪質ないたずらの犠牲になったという見方に傾いているらしいですよ」

　及川はそれを五味主任からきいたという。

「いたずらだったにしろ、人が死んだというのに……」

　紫門は唇を噛んだ。

　紫門は三也子に電話し、大町署が捜査を打ち切ったことを話した。

「わたしは紫門一鬼の見方を支持するわ。不特定な登山者を死なせても、加害者にはなんの利益もないでしょう。ウィバースさんは、親切で明朗そうな人だったけど、じつは陰で殺したいって考えていた人間がいたんじゃないかしら」

「怨恨《えんこん》かな？」

「殺意の原因は分からないけど、ずっと前から生命を狙われていたかもよ」

「ニュージーランド人だと思うかい？」

「それも分からない」

「もし同国人だとして、ウィバースが訪日するのを知って、追ってきただろうか？」

「人を殺すんだから、相当な犠牲は払うでしょうね。その加害者にとっては、渡航費用や時間をかけても殺したかったんじゃないかしら」

紫門はウィバースの身辺を調べたかった。それにはニュージーランドへ渡らなくてはならなかった。


北アルプス南部の山で雪崩が発生し、数人の登山者が生き埋めになる事故を皮切りに、山の遭難が相次いだ。

七月に入り、登山シーズンがやってきた。紫門も及川も涸沢へ登り、常駐隊として登山者の補導や怪我人の救助などに追われた。その間、ウィバースの死を忘れる日がたびたびあった。

登山シーズンが終わった。九月も半ばになると北アルプスの入山者もめっきり減った。紫門が遭難救助に出勤する回数も少なくなった。

十月初め、東京から三也子が松本へやってきた。

「来年の予定だったけど、一年早めない？」

松本駅近くの店で食事しながら彼女がいった。

「えっ、なにを？」

「ニュージーランド行きよ」

「早く行きたいけど、急にどうしたんだい？」

「行ってきた友だちから話をきいて、写真を見せてもらったの。向こうは春よね。その人は山歩きはしないけど、湖や川や広い公園をいっぱい撮ってきてたわ。その風景はまさに箱庭を見るようだった。雲がかかって見えないいんじゃないかって期待していなかったマウント・クックが、湖越しに眺められたって、感激していた。その写真の美しいことといったら、わたしの言葉では説明できない」

三也子はその友人の話をきいて、居たたまれなくなったという。

「今年にしようか」

紫門は写真でしか見たことのないマウント・クックの山容を頭に浮かべた。V字谷の中央にそびえ立っている白い岩山。抜けるような蒼空に流れる白い雲。湖畔の斜面で草を食《は》む羊の群れ。原生林に囲まれた鏡のような湖面に映る雪山――

「行きましょう」

二人は話し合い、現地の初夏に当たる十一月下旬から十二月にかけて十日間のニュージーランド旅行を計画した。その時季は北アルプスへの入山者も少なく、遭難事故発生件数も少ないからだ。

チケットの手配などは三也子がやるという。彼女に任せるほうがソツがない。

3

紫門と三也子は十一月二十三日夜、ニュージーランド航空《こうくう》で成田を発った。南島・クライストチャーチ着は翌日の午前十一時過ぎの予定だ。日本との時差は四時間だという。

「小室主任と及川君は、ぼくがニュージーランドへ行ったら、帰ってこないだろうといっていた」

「二人とも縁起の悪いことをいったものね」

「そうじゃない。向こうにも山があるし、登山人口も多い。山と風景に取り憑かれて、住みつくに違いないっていうんだ」

「二人は、ニュージーランドへ行ったことがあるの？」

「最近の雑誌には、しょっちゅうニュージーランドのことや写真が載っているじゃないか。前からぼくが憧れていることを知っていたから、二人もそれを見たり読んだりしていたんだよ」

「住みつきたくなるほど気に入るといいわね」

「ぼくは期待どおりの国だと思っている」

「だけど、あなたの今度の旅行の目的の半分は、ウィバースさんの背景調査でしょ？」

「君には悪いが」

「分かってる。わたしもできるだけ協力するわ」

機内サービスのワインは甘かった。

座席は九割がた埋まっている。大半がカップルだ。女性だけのグループもいた。離陸して二時間あまり、機内は静かになった。照明が絞られた。紫門と三也子も毛布を掛けて眠ることにした。

黒い雲のあいだからのオレンジ色の朝陽を見てから、また眠った。

クライストチャーチは晴れだった。風がやや強い。空は広く蒼く、建物も車もまぶしく見えた。シャツ一枚では肌寒くて、ジャケットが要《い》った。

レンタカーを調達するかどうか迷ったが、ホテルで周辺の地図を手に入れてからにしようということでバスに乗った。

建物は白か茶色だった。走っている車のほとんどが日本車だ。それも古い車が多い。予約していたホテルのすぐ近くが公園で、部屋の窓の真下にエイボン川が樹々のあいだから見えた。この市のシンボルの大聖堂も近いという。

「きれいな町ね」

三也子も窓辺に立った。左手の十三、四階の白いビルの屋上に「POLICE」の文字があった。人口約三十五万人で、南島最大の都市だが、それにしても警察署の建物は群を抜いて大きい。郵便局のビルも巨大である。建物のあいだにはかならず緑樹がある。これが町を美しく見せているのだ。

「山だわ」

三也子が濃緑の広い森の彼方を指差した。雲がちぎれて山脈が姿を現わした。稜線は真っ白である。それはサザンアルプスだった。

紫門は双眼鏡を取り出した。山脈は松本から眺める北アルプスに似ているが、標高は比較にならないくらい高く見えた。建物が少なく平地がつづいているからだろう。はてしなく広がる森の先にいきなり三千メートル級の山がそびえている感じがする。

尖塔《せんとう》の高さ六三メートルという大聖堂を見学した。イギリスのセントポール寺院の鐘を模して、十三個の鐘を取りつけている。その鐘の音が大聖堂前広場に響き渡った。

紫門と三也子は大聖堂を背景にして写真を撮り合った。空港には日本人の団体旅行者がいたが、ここでは二、三組のカップルしか目に入らなかった。

地図を見て路面電車沿いにハグレー公園へ歩いた。そこには植物園があり、ゴルフ場、テニス場、広い池などがあった。ウォークウェイが公園を周遊しており、各種のトレーニング施設があった。ジョギングしている人もおり、自転車をゆっくり漕いでいる人たちもいた。三也子はなにを見ても、「きれいだわ」とつぶやいた。

植物園を見、水鳥の遊ぶ池を巡った。ビクトリア広場に立つキャプテン・クック像の前へ出た。背後は高級ホテルだった。

「ウィバースはこの辺のホテルに勤めていたんじゃないか」

紫門はベンチに腰掛けて地図を広げた。ノートにはウィバースの経歴が書いてある。大町署が彼の妻サリーから聴取したものを写したのだ。

ウィバースは九六年二月から九七年三月まで、クライストチャーチ市内のホテルMに勤務となっている。ホテルのフロントでもらった地図ではホテルMの所在は分からなかった。

三也子は目の前の高級ホテルRできいてくるといった。彼女は紫門よりもはるかに英会話が達者である。

紫門は広場を往来する人を眺めていた。白髪の女性の乗った車椅子を、顔立ちのよく似た女性が押していた。二人は立ちどまっては話をし、ゆっくりと木陰を縫って行った。ベンチに腰掛けて携帯電話を掛けている女性がいた。緑色と白に塗り分けた路面電車がとまった。二、三人が降りた。誰もがせかせかとしていなかった。

　三也子は十分ほどでもどってきた。ホテルMの所在地が分かった。ここから歩いて七、八分だという。

「ウィバースさんの上司か同僚だった人に会うのね？」

「古いことじゃないから、彼を覚えている人がいると思う」

「なんてきくの？」

「彼の死に方に不審を持っているといえば、教えてくれるよ。ぼくはウィバースの経歴にも疑問を持っているんだ」

「どうして、経歴に？」

「彼は九六年まで警察官だったらしい。この国の失業率もけっこう高いそうだ。中年になって警察をやめた人が、二度も就職先を変えている」

「奥さんの話した経歴に偽りでもあると思っているのね？」

「退職理由を知りたい」

　ホテルMは、紫門たちが泊まるホテルよりも小規模だった。

　ロビーには日本人が十人ほど立っていた。男性ガイドの説明をきいているのだった。

紫門が女性のフロント係に用件を告げた。首を傾げたフロント係を見て三也子が補足した。

五十がらみの男のマネージャーが出てきた。紫門と三也子は事務室の応接セットへ招かれた。

マネージャーはウィバースが日本へ行って、登山中に遭難したことを知っていた。知人からきいたといった。

紫門は、山岳遭難救助隊であり、ウィバースの捜索と遺体収容に当たったことを話した。

マネージャーは大きくうなずいた。

「私は日本のことをよく知りません。山男のウィバースが遭難するような険しい山があるんですか」

「夏はポピュラーな登山コースですが、五月は雪があります。そのコースでは最難所でウィバース氏は墜落しました。クサリやハシゴが取りつけてあるのに、彼はそこにあったロープを摑んだからでした」

紫門は、ウィバースがなぜロープを摑んだのか解《げ》せないと話し、他殺の疑いもあるのだといった。

「殺されたんじゃないかというんですね」

マネージャーは胸の前で手を組み合わせた。

「ウィバース氏は、こちらに勤務する前は、警察官だったそうですね？」

「警察官は転勤がある。彼は二年間、クイーンズタウン署にいましたが、そろそろ転勤の辞令が出そうだったので、思いきって退職することにしたといっていました。四十代で退職すれば再就職はそうむずかしくないと思ったからだと話していました。さいわいこのホテルに雑用係の欠員が出たものですから、募集したのに、応募してきたんです」

雑用係のウィバースは、車の運転、雨が降れば玄関のマットの取り替え、調度品の移動、庭や植物の手入れと、毎日多忙だったが、よく働く男だったという。

一年間勤務してやめたが、その理由はなにかときくと、知人の紹介でアカロアの観光会社に転職することになったといったが、じつはホテルの給料に不満があったのではないかと推測しているという。

人に恨まれるような人ではなかったかと紫門がきくと、マネージャーは首を横に振り、穏やかで明るい人柄だった、もしも殺されたのだとしたら、人違いだったろうと、気の毒そうな表情をした。

「日本人に知り合いはいたでしょうか？」

「きいたことはありません」

三也子が思いついたというふうに、ウィバースの友人を知っているかときいた。

「彼はクライストチャーチの出身です。知友は何人もいるでしょうが、私が知っている人はいません」

紫門と三也子は、マネージャーに礼をいって椅子を立った。

マネージャーは、どこのホテルに滞在しているのかときいた。Nだと答えると、にこりとし、玄関まで見送った。

夕食は大聖堂近くのシーフードの店で摂った。わりに広い店で、日本人客が何人かいた。三也子の選んだ黒い魚のオイル焼きはうまかった。

日中の気温は十九度ぐらいだったが、夜は十度以下になって肌寒かった。午後八時半ごろになると、歩いている人の数も車の往来もめっきりと少なくなった。

二人はセーターを着て、星を仰ぎながらホテルに帰った。

4

十一月二十五日。ホテルの窓からサザンアルプスが見えた。蒼地のキャンパスに、白絵の具でギザギザを描いたようだ。

アカロア行きのバスは午前八時半に出発した。約二時間半を要するという。乗客は紫門たちを入れて五人だった。ほかに日本人はいなかった。道路もすいていた。

発車して三十分もたつと羊の牧場が見え始めた。バスは緩やかな草原の広がる風景を乗客に見せて停止した。羊が移動中なのでしばらく待つのだと運転手がいった。前方を見ると、二百頭ぐらいの羊の群れが一般道路に列を作っていた。革のハットをかぶった男が最後尾にいた。黒と茶色の二匹の犬が羊の列に沿って走っている。羊たちを道路の端に寄せているのだった。バスが通れるようになるまでに十分ばかりかかった。羊飼いの男はくわえタバコで悠然としていた。

道路は登りがつづいた。山を越えるのだった。バスを降りて歩きたくなる場所がいくつもあった。

バスは小さな商店の前でとまった。休憩だった。紫門と三也子はオレンジジュースを買ったが、全部を飲みきれないほど甘かった。

道路が下りにかかると右手に海が見えた。アカロアは深く入り込んだ湾に沿う観光地だった。湾に向かうなだらかな傾斜をもった草原は、羊、鹿、牛の牧場だ。バスは停止して、この美しい風景をしばらく乗客に眺めさせた。湾の中心部には長細い島がある。青い海には遊覧船やヨットが浮かんでいる。水辺に沿った緑の中に白い建物が点々とある。遠くの山の山腹から上は薄い紫色をしていた。

岸辺の道路沿いにはホテル、レストラン、商店が並んでいた。水辺には白い海鳥が並んでいる。まるで眠っているように動かない。観光地だが、観光客らしい人は数人しか歩いていなかった。湾を見下ろす斜面には売り家が何軒かあった。どれも赤い看板が出ているので目立った。

陽差しが強く、紫門はジャケットを脱いだ。

ウィバースが勤めていたという観光会社は乗船場のすぐ近くにあった。遊覧船チケット売場のカウンターの奥に五、六人の社員がいた。三十歳ぐらいの女性に、ウィバースのことをききにきたというと、

「日本の人ですか?」

といって、立ち上がった。

紫門がうなずくと、太った社長が出てきた。

紫門は四十半ばに見える社長に用件をいった。

「どうぞ中へ入ってください」

社長は事務所の二階の部屋へ案内した。そこからは乗船場と湾が一望できた。

紫門は、遭難現場でウィバースの遺体を収容した救助隊員だと話した。

「彼は日本へ行けるのを楽しみにしていて、喜んで出発したのに……」

と、社長は声を落とした。

紫門は、ウィバースが遭難した現場を詳しく話し、彼の墜落に疑問を持っていると

いった。

「私はウィバースの自宅を訪ね、奥さんから話をききました。当たり前のことですが、奥さんは倒れそうなぐらい憔悴していました。しかし彼女は、夫が不審な死に方をしたなんていっていませんでした」

この会社でウィバースは、同社が所有している遊覧船や貨物の管理をしていたのだった。船が傷つけられたり盗難に遭ったりしないように、夜間も見回りをする仕事だった。

「入社して二年でしたが、欠勤は一回もなく真面目に働いてくれました。うちの会社は年中無休ですので、彼は同じ管理を担当している社員と交代で休みを取り、週に一度はクライストチャーチの自宅へ帰っていました。奥さんと娘さんがここへ遊びにきたこともありました」

ウィバースは殺された可能性があるのだが、なにか思い当たることはないかと紫門はきいた。

「うちの会社に勤めていた間は、誰ともトラブルを起こしていません」

人に恨みをかうような人間ではないと社長はいった。私生活も地味だったという。

「九六年一月まで警察官をしていたということですが、なぜ退職したのかご存じですか?」

「警察官は転勤が多い。若いうちはそれが苦にならなかったが、四十を過ぎたので一か所に落ち着きたかったといっていました。転勤のたびに娘さんは学校を変わる。それも気になっていたということでした」

「こちらの会社に勤務中も、山登りをしていましたか？」

「ええ、いまごろから五月ごろまでの間、休暇を取っては何回も登っていました。山登りをするために、毎朝、一時間ぐらいジョギングしていました。この町は坂道が多いので、トレーニングには好適だといっていましてね。私も彼について走ったことがありますが、とてもついて行けませんでした。山歩きと日ごろの鍛練のせいか、足も心臓も丈夫だったんでしょうね」

そういう男が日本の山で遭難したときいたときは、信じられなかったといった。

紫門は、樋口を知っていたかときいた。

「私は会ってはいませんが、ウィバースからその人の話を何度もきいていました。私は親切な日本人がいるものだと思いました」

女性社員が冷たい紅茶を持ってきた。

三也子が、ここへは日本人が大勢くるかときいた。

「日本人観光客は、マウント・クックやクイーンズタウンやミルフォード・サウンドのような大観光地へ行くので、ここへくる人は少ないです。あなた方のように初めてここニュージーランドを訪れたのに、ここへくる人は珍しい。釣りやヨットをやるには、いいところです。ホテルも安いですし」

アカロアはその昔、フランス人が移住した。自分たちの祖国を偲《しの》び、生まれ故郷に似た町づくりをした。ニュージーランドの人は、温暖で風光明媚なここを、保養地としたのだという。

社長は、紫門と三也子にレストランを紹介した。ウィバースはその店で樋口夫妻と食事したのだといった。

レストランの女性主人は、二人をにこやかに迎えた。観光会社の社長が電話しておいてくれたのだ。

彼女はグラスワインをサービスした。日本人は、食事をするのが早いし、食べ終わるとすぐに釣りだのヨットなどといって出掛ける。帰りのバスが出るまでにはまだ二時間あるのだから、ゆっくり食事してくれといった。

陽が傾くと海が色を変えた。白い遊覧船が船着場にもどってきた。二十人ぐらいが下船したが、その中で日本人らしいのは一組のカップルだけだった。

帰りのバスの乗客は九人。遊覧船から降りた五十代のカップルが乗っていた。帰路もすいていた。晴天の下で山を越えた。

「これだけ人が少ないんだもの、羊をたくさん飼えるはずよね」

三也子が窓の外を見ていった。

ニュージーランドの面積は日本より一回り小さいだけだが、人口は約三百五十万人だ。その人口に対して羊は七千万頭いるという。

広大な牧場の中に点々と立っている木が、草の上に長い影を倒していた。


翌朝は小雨が降っていて寒かった。昨夜の星空が信じられなかった。

インターシティのバスに乗った。マウント・クック経由でクイーンズタウンへ行く。

カンタベリー平野を走るうち薄陽が差してきた。道路の両側は牧場だ。ワンマンバスで、白髪頭の運転手は際限なく途中の風景や町を説明した。

百万ドルの風景と呼ばれているテカポ湖に着いた。湖畔にはいまやニュージーランドの代表的風景のひとつとなった「善き羊飼いの教会」がぽつんと立っていた。湖はコバルトブルーの水をたたえている。対岸に白い山が連なっている。

ここには日本人が多かった。

三也子は石に腰掛けて動かなかった。この広い湖と岸辺の緑と雪山を見捨てて行くことはできないといっているようだった。

紫門は三也子の横顔を入れて何枚も写真を撮った。

「ここに二、三日いたいくらいだわ」

紫門がいおうとしていたことを三也子は口にした。

マウント・クックには午後二時過ぎに着いた。運転手は三十分ほど遅れたといった。途中の小さな町で小型飛行機に乗って観光する人たちがいた。その人たちはいったんバスを降り、次の町でこのバスの到着を待っているのだった。

ホテル・ハミテージで昼食を摂ることになったが客で混雑していた。ここには滞在客が多い。クック山に登る人もいれば、氷河歩きや付近をトレッキングをする人たちもいた。

「クック山はどれなのかしら？」

山頂付近が白い雲におおわれた山塊を、三也子は目でさがした。

彼女の表情をバスの運転手が読んで近づいてきた。

「いまは雲に隠れているが、かならず姿を現わす。あとで真正面に見えるところへバスをとめる」

運転手はウインクしてレストランへ消えた。

頭上の空は抜けるように蒼いが、山の中腹から上は雲の中だった。

5

バスは湖の岸に沿って二十分ほど走ってとまった。十五分停車すると運転手はマイクで告げた。ほぼ半数に減った乗客は全員降りて湖を向いた。運転手も降りて両手を腰にやった。

四、五分たった。中腹から上を包み隠していた雲が突然割れるように流れた。雲の帯の上に屋根形のひときわ高い白い山が頂《いただき》を現わした。乗客が一斉に声を上げた。何度も写真で見ていたクック山だった。

紫門はズームレンズで山頂を引き寄せた。三つのピークがくっきりと見えた。頂稜の左側は陽を受けて輝いている。右側の面には青い凹凸があり鋭く切り立っていた。右手には尖った峰がいくつも連なっている。ピークのあいだは氷河であるらしく、裾のほうは湖に落ち込んでいた。湖は刻々と色を変えた。雲が動いて影をつくっている。

運転手は満足げな顔を乗客に向けた。「あなたたちは恵まれている」といっているようだった。

三也子は何度も山を振り返りながらバスにもどった。座席から窓をのぞくと、クックは白い帽子を深くかぶっていた。

クイーンズタウンに着くと、夕陽を受けた赤い山が眺められた。ここも山に囲まれている。

バスは各乗客の泊まるホテルの前でとまり、運転手は荷物を下ろした。こんなにまめまめしく働く男を、紫門は久しぶりに見た気がした。

「マウント・クックを見られただけで満足」

三也子は夕食のレストランでいった。

ワカティプ湖のほとりの店で中華料理を食べたが、その味は感心できなかった。

気温は六、七度ではないか。風が強くて、思わずジャケットの襟を立てた。

十一月二十七日。朝の空気は澄んで冷たい。ワカティプ湖畔のビーチには大勢の観光客がいた。地図で見てこの氷河湖がS字形をしているのを知った。稜線の白い山に囲まれたここは「女王が住むにふさわしい地」と呼ばれているだけあって美しい。湖の中央には緑の半島が突き出ている。その突端へ水上タクシーで向かうゴルファーがいた。なぜか水上タクシーには、きのうバスの中から見た牧羊犬に似た犬が乗っていた。

クイーンズタウン警察署を訪ねた。受付にいた警官に、「エドワード・ウィバース氏を知っていましたか?」ときくと、「どういう人か?」と、逆にきかれた。

「ウィバース氏は、九六年一月までこの署に勤務していたとききました。彼のことについてお伺いしたいのです。知っている方に会わせてください」

三也子がいった。

長身の警官は奥へ消えた。日本の警察署のようにひっきりなしに無線は鳴っていず、静かなものである。

五十がらみの肩幅の広い警官が出てきた。

三也子が訪問の趣旨を説明すると、

「私はウィバースの上司だった」

といい、椅子をすすめた。

「ウィバース氏が亡くなったことをご存じですか？」

紫門がきいた。

「三か月ばかり前にききました。日本の山を登っていて遭難したそうですね」

「そのとおりです。私は彼の捜索とご遺体の収容に当たった山岳救助隊員です」

「そうでしたか。あの山歩きの達者な男が……」

元上司は目を瞑《つむ》った。

「彼の遭難には納得できない点があります。それで訪ねたわけですが、さしつかえなかったら警察を退職した理由を教えていただけませんか？」

「退職理由……。それと遭難とは関係ないと思いますが……」

「関係があるかもしれません。彼の死には他殺の疑いも持たれているんです」

紫門はウィバース氏が死亡した現場の状況を話した。

元上司は顎に手を当てて紫門の話をきいたが、

「ウィバースは優秀な警察官でした。民間企業に就職したいといって、依願退職しました。警察としてはそれ以上は答えられません」

元上司は時計を見て立ち上がった。

紫門と三也子も椅子を立つしかなかった。

「なにか引っかかるな」

署を出ると紫門はいった。

「あなたがウィバースさんの退職理由をきいたら、急に態度を変えたわね」

「答えたくない理由がありそうだった」

「気になるわ。ほかの人に当たったら分かるんじゃないかしら」

しかし再度署を訪ねるわけにはいかない。

「誰かをつかまえよう」

紫門と三也子は、警察署の玄関が見える坂道に立った。

日本人の若い女性が五人、坂を下って行った。この近くのホテルに滞在しているらしかった。

　午前十一時を過ぎると気温が上がってきた。空気がさらりとしていて気持ちがいい。署の玄関を出てきた男が、道路を渡った。そこは駐車場だった。四十半ばの男に三也子が声を掛けた。警察の人かときくと、そうだと答えた。

　エドワード・ウィバースのことを知りたくて日本からきたが、詳しいことを教えてもらえなかったと、彼女が話した。

　男は紫門と三也子を観察する目つきで見ていたが、

「ウィバースなら、たしかに三年ほど前までこの署に勤務していました。私は部署が違うから詳しいことは知りません」

「どなたを訪ねたら彼のことが分かるでしょうか？」

「この署でウィバースと一緒に仕事をしていたことのある男に会ってみたらどうでしょう」

　それは誰かときくと、ヴィクター・メリルといって、ウィバースと同じころ警察を退職した男だという。

「メリル氏は、クイーンズタウンに住んでいますか？」

「いや。退職するとテカポへ行きました。テカポは小さな町だから町の人に尋ねれば住所は分かるはずです。奥さんと一緒に商店をやっているらしい」

男は手を挙げ、にこりとして車に乗った。

テカポはきのう、コバルトブルーの水をたたえた湖越しにサザンアルプスを眺めたところだ。いまの男の話のようにステイトハイウェイ沿いの小さな町だった。バスはそこで二十分ばかり休憩した。

ヴィクター・メリルを訪ねてみよう。ウィバースの元上司の歯切れのよくない話し方も気になった。

三也子はクイーンズタウンを離れがたいのか、湖を向いていた。

バスの便をきくとマウント・クック行きは二時間後だといわれた。

三也子と話し合ってレンタカーを借りることにした。きのうバスで通っただけだが、迷わないだろうかとレンタカー事務所できくと、はっきりした標識が出ているから、マウント・クックをめざして進めば大丈夫だと教えられ、地図をくれた。借りた車は赤色の日本車だった。新車である。

「ハイキングをするのか？」

レンタカー事務所の男は、二人の大型ザックを見てきいた。時間の余裕ができたら氷河を歩いてみたいと紫門はいった。

ドライブは快適だった。いくつかの山を越え、丸みのある丘のあいだを縫って進んだ。いたるところに羊の牧場があり、青い湖が現われた。

空気が乾燥しているせいか、道路に敷いてある細かい石まじりの砂が滑ってハンドルを取られることがあった。それと、ハイウェイ・バスが猛スピードで追い越しをかけてくる。

途中で何度も休んだ。通過するには惜しい風景に突き当たるからだった。底の透けて見える谷川があったかと思うと、ブルーの流れもあった。道路の両側には白と黄の花が咲いている。

テカポの町に着き、ガソリンスタンドできくとメリルの家はすぐに分かった。雑貨と食料品を扱う商店だった。客が二人入っていた。地元の人のようだ。

従業員の女性に、「メリルさんに会いたい」と告げると、彼女は顔を曇らせた。客に品物を渡すと奥へ入って行った。日本人から見ると無愛想である。

彼女とともに、四十をいくつか出たと思われる歳格好の女性が出てきた。メリルの妻だった。彼女は紫門と三也子に警戒するような目を向けた。

紫門はクイーンズタウン警察でここをきいてきたといい、氏名と職業を話した。

「奥へどうぞ」

彼女は店の奥の黒いドアを開けた。

メリルの妻はキャスリンという名だった。彼女は二人に椅子をすすめると、「コーヒーを飲みますか」ときいた。声は低く優しげだが、沈んだ空気がただよっている。

紫門がメリルに会いにきたといったのに、店の従業員もキャスリンもその名を口にしなかった。

キャスリンは、グレーのカップにコーヒーを注《つ》ぐと椅子に腰掛けた。部屋の調度品はどれも年代物に見えた。彼女は壁ぎわのテーブルの上で食料品の仕分けをしていたようである。

紫門と三也子は、冷たい空気のよどむ部屋でキャスリンの口の開くのを待った。

三章　タズマン氷河

1

「警察で、主人のことをどうきいてきましたか？」

　ヴィクター・メリルの妻キャスリンはようやく口を開いた。

「三年前に警察を退職され、こちらに移られたときいただけです」

　キャスリンは小さくうなずいた。

「私たちはエドワード・ウィバース氏のことを知りたくてこの国にきました。奥さまは、ウィバース氏が日本の山で遭難したのをご存じでしょうね？」

「知り合いにききました。今年の五月だったそうですね」

　紫門はここを訪ねるまでの経緯を説明した。

「ウィバース氏がなぜ警察を退職なさったのかを知るためにクイーンズタウン署へ行きました。そうしたら、彼と一緒に仕事をなさっていたメリルさんにきくのが一番だといわれたものですから……」

た。


「主人は、去年亡くなりました」

「お亡くなりになった……」

紫門と三也子は顔を見合わせた。メリルのことをなかなか話さなかった意味が解けた。

「おからだを悪くされて？」

「主人はいたって丈夫な人でした。何日間も床に就くような病気をしたことはありません。若いとき、わたしと結婚する前のことです。氷の山に登っていて滑り、足首を折りました。入院したのはそのときだけです」

「メリルさんも、山を……」

「この国には山登りの好きな人が大勢いますが、主人は特に好きで、年に何回も……。警察をやめて、この店をやり始めてからも登っていました」

「ご主人は、山で遭難なさったんですね？」

「去年の十二月でした。間もなく一年になります」

クイーンズタウン署で同僚だったウィバースも山で死んだ。

「奥さんは、ウィバース氏をご存じでしたか？」

「主人がクイーンズタウン署にいるとき、何回かお目にかかりました」

「ご主人とウィバース氏は、一緒に山登りに出掛けたことがありますか？」

「何回もあります」

キャスリンの瞳が光り始めた。

紫門はグレーのカップを両手で包み、しばらく黙っていた。

「ご主人は、どこで遭難されましたか？」

「タズマン氷河です。何回も歩いたところなのに」

彼女は胸で手を組み合わせた。

「思い出されたくないでしょうが、どんなふうにしてお亡くなりになったんでしょう？」

「氷壁から氷が崩れてきたんです。それに主人が……」

紫門は頭を下げた。

三也子はハンカチを取り出すと口に当てた。

メリルは九八年十二月五日に車で出発し、マウント・クックのトラベロッジに泊まった。次の日、ヘリコプターで氷河に入り、山小屋で一泊してから下り、七日の夜、帰宅する計画だった。同行者はいなかった。

だが七日の午前、ヘリのパイロットが上空から彼を発見して通報した。メリルは、六日にヘリを降りた地点から二キロあまり山小屋に寄った氷河上で死亡していた。一泊するはずだった山小屋に着かないうちに落下してきた氷塊に当たって遭難したものと判断された。したがって死亡は十二月六日の午後と推定されているという。彼は四十四歳だった。

「クイーンズタウン署では、ご主人がお亡くなりになったことを知らないようでしたが」

紫門は涙を浮かべて話すキャスリンにきいた。

「どなたにおききになったか知りませんが、何人かは知っているはずです。お葬式にきてくださった方が二人いますから」

彼女は目頭を押えた。

紫門は、メリルが警察を退職した理由をきいた。

「この店は売りに出ていました。それを知人からきいて、夫婦でやっていくにはよさそうと思って、譲り受けることにしました。その前から適当な商売があったら、警察をやめると主人はいっていたんです」

彼女は目を伏せて答えた。

「ウィバース氏も同じころに退職しています」

「そうですか。主人が警察をやめてからウィバースさんに会ったのは、主人のお葬式の日でした。アカロアの観光会社に勤めているようなことをいっていました」

「こういういい方は失礼だと思いますが、ご主人の遭難に不審な点はありませんか?」

「いいえ。そんなことをいう人はいませんでしたが」

キャスリンは目を上げ、紫門の肚《はら》をさぐるような表情をした。

「同じころ警察署で一緒に仕事をなさり、一緒に山登りをするほど親しかったお二人が、同じころ退職し、ご主人は去年の十二月に、ウィバースさんは今年の五月に、ともに山で亡くなられた。偶然だろうかと思ったものですから」

紫門はしばらく考えてから、ウィバースの遭難には疑問が持たれている、それで彼の経歴を逆にたどっているのだと話した。

「疑問といわれますと？」

「殺された可能性があります」

「えっ……」

キャスリンは胸を押えた。

紫門は、メリルとウィバースは同時に警察を退職したのかと尋ねた。

キャスリンは曖昧な首の振り方をした。どちらが先に退職したともいわず、なんとなくそのことに触れられたくないといいたげである。

椅子を立ってから三也子が、子供はいないのかときいた。

「男の子が一人います。クライストチャーチの学校へ行っているんです」

キャスリンは三也子に目を細め、英語がうまいとほめた。

今夜はどこへ泊まるのかとキャスリンはきいた。

紫門と三也子は今夜の宿を決めていなかったが、マウント・クックにしたいと紫門がいった。ここから一時間半だという。

公衆電話でマウント・クックのトラベロッジへ掛けた。空室があった。

「あなたが、メリルさんとウィバースさんの退職のことに触れたら、奥さんの表情が変わったわね」

三也子がいった。

「歯切れの悪い態度で答えたくなさそうだったね」

夕方になると山にかかっていた雲が切れた。思いがけず、中腹から上が赤く染まったクック山を見ることができた。

夜は冷えた。この時季でも雪が降るとロッジの人がいった。

あしたタズマン氷河を歩きたいと従業員にいうと、出発前に取るべき手続きを教えてくれた。

紫門は従業員の一人に、去年の十二月遭難したメリルを覚えている人はいないかときいた。

「ぼくが覚えています。三年以上前ですが、クック山の登山基地のハットに泊まり合わせたことがあります。彼は年に二回はこのロッジに泊まりにやってきました。あの山男が、氷塊を頭に受けて死んだなんて信じられません。あなたはメリルさんの友人ですか？」

三十半ばの男の従業員はいった。

「メリル氏の友人は今年、日本の山で亡くなりました。その人も熟達した山男でした」

紫門は、メリルとウィバースの死因を知るためにやってきたのだと話した。

従業員は顔色を変えた。ディック・アンダーソンだと名乗り、紫門と三也子を小部屋に案内した。そこには防寒衣やヘルメットやロープが壁に掛かっており、ザックや山靴が床に並べてあった。山をやる従業員の装備品だと、アンダーソンはいった。

三人は向かい合って椅子に腰掛けた。紫門は、日本で最も登山人口の多いアルプスを管轄する山岳遭難救助隊員だといって、身分証明書とパスポートを見せた。三也子は元隊員であり、フィアンセだと紹介した。

「紫門さんのいうウィバースさんは、メリルさんと一緒にハットにいた人だと思います。二人はクイーンズタウン警察署の同僚だといっていましたから」

アンダーソンの話し方がさっきとは変わってきた。ウィバースが日本の山で遭難したのを知ったからだろう。それと紫門の職業が分かったからに違いない。

紫門と三也子は、あしたメリルが遭難したタズマン氷河を歩いてみたいといった。

アンダーソンはうなずくと、マウント・クック地図のうちのタズマン氷河部分を拡大した地図を持ってきた。氷河の左寄りに赤いペンで×印をつけた。そこがメリルの遭難地点だった。彼はそこの約二キロ上部でヘリを降りたのだという。遭難地点の約五〇〇メートル下部にシェルターがある。

「メリルさんは、このシェルターで仮眠をとって、下ってくることにしていたんです」

アンダーソンは、シェルターにペンの先を当てた。

「しばしば氷塊が落ちてくるような、危険地帯ですか?」

紫門は地図の端を摘《つま》んだ。

「ところどころにクレバスが口を開けています。ここ何年か氷河の流れ出しが進んで、ひどく荒れてはいますが、氷塊を受けての遭難事故は、四、五年なかったときいていいます」

「コースは壁ぎわを歩くようにつけられているんですね?」

「グレイシャーの幅は広い。中央部にはクレバスが多いから、ハイカーは壁ぎわを歩きたがります」

あすの氷河歩きにはガイドをつけるかと、アンダーソンはきいた。

紫門は首を横に振った。

「出発前に装備点検を受けることになりますが、なにが不足しているか、あなた方の装備を見せてください」

「山靴とアイゼンはありますが、ピッケルは借りるつもりできました」

紫門と三也子は、ザックを開いた。

「いい靴です。紫門さんのは履き込んでいますね」

アンダーソンは、二人の山靴を撫でた。念のために二〇メートルのロープを用意したほうがよいとアドバイスした。万が一クレバスに落ち込んだ場合の用意という意味だ。

アンダーソンは、壁ぎわに倒してあったピッケルを二本握り、ロープをはずし、これを使ってくれといった。一本のピッケルのシャフトは傷だらけだった。何年も使った物のようである。

「標高は三千メートル級でも、日本の山とはぜんぜん違うのね」

部屋に入ると三也子がいった。

クック山周辺には幾多の氷河がある。グレイシャー・ハイクを楽しむ人が多数訪れるが、コースによってはガイドなしでの入山を許可していないという。

2

ヘリポートまでアンダーソンが送ってくれた。その前に登山届を提出した。

ヘリはタズマン川に沿って北上した。灰色地の氷河からミルキーブルーの流れが幾筋にも岐《わか》れていた。濁った青い色の湖が見えた。その辺りから上が白に近くなり、高度を下げ始めた辺りは真っ白に変わっていた。左手には氷塊のような山が次第に標高を上げ、やがてクック山のハイピークに達していた。

「あなたたちは幸運だ」

パイロットがいった。きょうは好天だというのだ。

三也子は緊張してか顔色は蒼白い。

ヘリは氷河の上を二度旋回して平坦地に降下した。

「中央部はクレバスが多い。氷河の右側沿いに下るほうが賢明です」

パイロットがいった。

氷河の上に降り立った。紫門も三也子も初めての経験である。風があり、寒さが足下から這いあがってきた。スキーつきの小型機が何機も上空を飛んでいる。なかには氷壁すれすれに飛んでいるのもあった。

でこぼこの硬い氷の上にマットを敷いてアイゼンを着けた。サングラスを掛けた。穏やかな傾斜に陽が当たり始めた。真っ白の世界だが、なぜこうもでこぼこが激しいのかと、あきれるくらいだ。氷河は年に何十センチかは流れ下っているというから、氷同士がぶつかったり離れたりするために、亀裂と凹凸《おうとつ》を生んでいるのだろう。高さ一メートルほどの丘を越えるといきなりクレバスだった。

三也子は、悲鳴を上げた。丘を勢いよく飛び越えたら氷の裂け目に墜落する。

紫門は安全のため、ロープで彼女と胴を結び合った。

クレバスだけではない。盛り上がった氷の丘に人間がくぐれるくらいの穴があいていた。

紫門は膝を突き、クレバスをのぞいてみた。ほの青い色の溝の底は暗かった。地面が何メートル下にあるのか計り知れない。

三十分下ったが、からだは少しも温かくならなかった。

突然右手に薄く雪をかぶった黒い岩山が現われた。氷河の幅がせまくなった。流れが堰《せ》きとめられてかその付近が盛り上がっている。

盛り上がりを越えようとしたら、落差三メートルぐらいの落ち込みだった。アンダーソンがロープを携行させた意味が理解できた。氷河はただ緩やかに流れ下っているのではなかった。氷にはノミで削ったような溝が無数に通っている。

「北アルプスの岩稜なんてものじゃないわね」

「まったくだ」

つるつるの氷の壁を、アイゼンを利《き》かせて下った。下りきったところで、三也子が転倒した。その二メートル先には幅三メートルぐらいのクレバスが、登山者をあざむくように口を開けていた。紫門はロープを引っ張った。

彼はふと、不帰ノ嶮Ⅱ峰北峰の登りを思い出した。縦走路中最も緊張するところである。そこでウィバースはロープを摑んで墜落したのだ。最難所といわれているところでは事故はめったに起きないものである。神経を張りつめて乗り越えるからだ。氷だけの山と言っても過言ではないクック山を経験したことのあるウィバースが、なぜ最難所で遭難したのか。クサリやハシゴがあるところで、どうしてロープを摑んだのか。紫門にはそれが不思議でならないのだ。

「油断があったわ。ご免なさい」

三也子は立ち上がり、ピッケルを足下に突き刺した。

二人は右へ右へと寄った。切り立った氷壁が現われた。アンダーソンが描いた×印の地点である。去年の十二月六日、メリルはここで崩れてきた氷塊を頭に受けて死亡した。氷壁と氷壁のあいだを細い氷河が流れ込んでいた。

二人はメリルの霊に手を合わせた。

「氷塊を頭に受けたというんだから、メリルさんは氷壁の真下を下っていたのね」

三也子が白い光った壁を仰いだ。

「この近くにはクレバスもないのに、なぜ壁の真下なんかを歩いていたんだろう？」

「氷の塊りが降ってこなくても、雪崩に遭う危険もあるのに」

登山経験豊富で、この辺の氷河を何度も歩いた男にしては軽率な行為のように思われた。いまはクレバスがないが、去年の十二月は深い亀裂が口を開けていたのだろうか。

シェルターに着いた。そこには誰もいなかったし、ヘリを降りてから一人の登山者にも会わなかった。

シェルターは木造で周りに石が積んであった。内部は六畳敷きぐらいの広さだ。壁には古いロープが二本掛けてあり、棚にはスキーがのっていた。木のテーブルの上のコンロには鉄鍋があり、ガスボンベもあった。非常の場合の無線通信機も備えてあった。ガラス窓にはたったいま下ってきた氷河が映っている。備えてある物は使い古されているが、清潔だった。この国の岳人の気風がすべての物にこもっているように見えた。

三也子はコンロに点火した。青い炎が音を立てた。

「助かるわ」

彼女は火を消して鍋を持った。

「ぼくがやるよ」

紫門は鍋を持って外へ出、雪と氷をそれに入れた。

そのときである。ドドッという鈍い音がした。腹に響く音だった。

三也子が外へ出てきた。周りを見渡した。

「氷の棚が崩れたんだろうね」

紫門は鍋を抱えてシェルターに飛び込んだ。

熱いコーヒーにウィスキーをたらし、固いパンをかじり、チーズを食べた。

二人は午後四時に寝袋にもぐった。午前零時に起床し、一時に出発することにした。

三也子が先に目を覚ました。山中での食事は簡単である。

シェルターから下はクレバスはないと、きのうアンダーソンから説明を受けていた。ヘッドランプの光を頼りに一時間ほど歩くと氷河が暗く見えるようになった。氷が埃をかぶって次第に色を変えているのだ。氷のでこぼこも少なくなった。星がまったく見えないのが残念だった。

「天気が崩れるのかしら」

三也子がそういったとき、風が雪を運んできた。山上の雪が舞ってきたのかと思ったがそうではなく、小雪が降ってきたのだった。

やがて川が現われた。流れの幅は広くなり橋が架かっていた。雪は二時間ぐらいでやんだ。平坦な径《みち》が流れに沿っていた。この径の行きつくところがマウント・クック村である。

三也子と知り合ったときから感心しているが、彼女は健脚である。重い荷物を背負って穂高を何度も登り下りしたが、足が痛むとか、疲れたという言葉を紫門はきいたことがない。

クック山が見えないものかと振り返りながら、曇り空の下の草原の中の径を黙々と歩いた。昔ここは牧草地だったというが、冬の気象があまりに厳しいため、羊が全滅したことがあったという。

草原のあいだからハミテージの灰色がかった屋根が見え始めた。

午前十一時半、トラベロッジの玄関に立った。アンダーソンが出てきて丸い目をした。

「午後三時ごろになるだろうと思っていたのに……」

三時を過ぎても着かなかったら、途中まで車で迎えに行くつもりだったといった。

紫門は、ロープが役に立ったと礼をいった。

「怪我をしていないでしょうね？」

アンダーソンは三也子を気遣った。

彼女は微笑《ほほえ》んで首を振った。

急に屋根が鳴りだした。大粒の雨が降ってきたのだ。

「きょうはクックへ何人かが登っている」

アンダーソンは激しい雨で山影がまったく見えなくなった外をのぞいた。

夕食後である。あすはふたたびクイーンズタウン署を訪ねてみると、紫門がアンダーソンに話すと、マーティン・ゲイツという警察官に会ってみるとよいといった。

メリルが警察に勤務していたころのことだが、同僚のゲイツを連れてマウント・クックを訪れた。ゲイツは北島の出身で、クイーンズタウン署に赴任したばかりということだった。ゲイツは山登りをしないが、クック山を見たいといったからメリルが案内役として連れてきたのだった。二人はトラベロッジに一泊し、周辺を歩いて帰ったのだという。そのときアンダーソンはメリルからゲイツを紹介された。

「たしかメリルさんと同じぐらいの歳の人でした。現在もクイーンズタウン署に勤務していると思います。もし転勤していて、その先を警察署が教えなかった場合は、ぼくに電話ください。調べてあげましょう」

アンダーソンの親切に、紫門と三也子は礼を述べた。

3

昼間眠ったせいか、紫門は夜中に目を覚ました。三也子のベッドからは軽い寝息がきこえていた。

彼はそっと窓辺に立ち、カーテンの端を摘んだ。外が明るかった。雨はとっくにやみ、白い雲の動きが見えた。クック山のほうを眺めた。彼は思わず声を上げそうになった。クック山山頂のやや右に半月が浮かんでいるのだ。クック山山頂付近にのみ雲がなく、深い藍色の空を三角形の白い山が衝《つ》いていた。

彼は三也子の睡眠を妨げないように気を遣って、カメラを取り出した。ズームレンズで山頂を引きつけ、月を入れてシャッターを押した。

「なにが見えるの？」

三也子が目を覚ました。彼女は襟元を押えてベッドを下りてきた。

彼が三角形の山と月を指差した。

彼女は目を凝らして身震いした。

無駄なものを排除した黒と白の世界だった。

彼の写真の腕前ではこの省略の効いた自然の造形と、きりりと冷えた月の夜をとても表現できるものではないと思った。

二人はいつまでも窓辺を離れないつもりだったが、白い雲は山頂を鷲摑みにした。

マーティン・ゲイツはクイーンズタウン署に勤務していた。アンダーソンの観測が合っていて、ゲイツは四十半ばだった。痩せぎすで長身の彼は、メリルとウィバースのことをききにきたと紫門がいうと、表情を変えた。

「その話ならいまではまずい。夕方、勤務が終わってからにしてもらえませんか」

ゲイツは真剣な目をして、紫門と三也子を見比べた。

午後六時半、湖畔のレストランで会う約束をした。

別れぎわにゲイツは、

「私と会うことは署の誰にも話さないでいただきたい」

と、ささやくようにいった。

彼がどんなことを話してくれるのか興味があった。紫門が、メリルとウィバースのことをききにきたといっただけで、眉間に皺を寄せ、周りを気にするような顔をした。この前ここを訪ねたとき、ウィバースの元上司だった警官は、「優秀な警察官だった」といいながら暗い表情をしたものである。いかにもその話には触れてもらいたくないといっているようだった。

「マウント・クックへ行ってきてよかった」

紫門は赤い車にもどるとつぶやいた。

トラベロッジでアンダーソンに会わなかったら、ゲイツから話をきく機会は訪れなかったような気がする。大回りしたようだが、三也子と一緒に氷河歩きを経験できたし、真夜中のクック山を眺められたし、無駄ではなかった。

三也子は、友だちにきいたアロータウンという町へ行ってみたいといった。北東へ約二〇キロだという。そこは一八六〇年代、ゴールドラッシュで繁栄したところだと、彼女はノートのメモを見ていった。

「なにがある町なんだろう？」

紫門はハンドルを握った。

「友だちは、住みたいところの一つだっていったわ」

彼女は、飴玉を紫門の口に入れた。空気が乾燥していて喉が痛いと、彼女がマーケットで買ったキャンディだ。

アロータウンの町の入口にレイク地方の博物館があった。砂金採りに使われた道具などが展示してあった。

軒の低い商店街の通りが一本伸びていた。旅行者の姿があった。ほとんどが女性だ。貴金属の店に入った。髭をたくわえた色白の男が一人いた。にこりともしなかった。二人を金を使わない客と見たようだ。

コートやバッグを扱う皮革製品の店には女性の日本人スタッフがいた。二十四、五歳だ。顔や手が陽焼けしている。

「いつまでいらっしゃるんですか？」

日本語を話したかったというふうに、彼女は三也子に問いかけた。

「あした帰ることになるかしら……」

三也子は目を細め、紫門にきくように答えた。

店員は、どこを回ってきたかときいた。

「あなたは、ここに長くいらっしゃるの？」

三也子がきいた。

「ちょうど二年になります」

前の年に友だちと初めてニュージーランドを訪れた。クイーンズタウンに三日間滞在したが、帰国したくないくらいこの国に魅せられた。帰国してから、クライストチャーチとクイーンズタウンで働けるところがないかをさがした。その結果、この店が日本人スタッフを必要としていることを知り、翌年の十一月にやってきたのだという。

「なにがあなたをとりこにしたのかしら？」

「とても変化に富んだハイキングができる国だからです」

「あなたも山歩きをするのでは？」

「高校時代から、山登りばかりしていました。そのために大学では一年留年することになりました」

人なつこい目をした彼女は、愛嬌のある笑い方をした。

「この国には、あなたのような動機で住むようになった人は多いんでしょうね」

「クイーンズタウンの商店とレストランにも、わたしと同じようにして就職した女性がいます。その二人といまでは友だちになって、ときどき会っています。会うたびに、いい歳をして先行きどうするのかって、笑い合っています」

「日本にいても同じですよ」

三也子は、自分のことをいったようだった。

「こちらにきてから、日本へは？」

「帰っていません」

「日本人旅行者は多いでしょ？」

「これから三月ぐらいまでは、大勢きますね」

「こちらの冬には？」

「ほとんどきません。冬は冬で、なかなかいいですよ」

「わたしたち、今度が初めてなの。次は冬きてみようかしら」

「新婚旅行なんでしょうね？」

三也子は首を少し曲げただけで明瞭な答え方をしなかった。

彼女は革のコートをハンガーからはずしてもらうと、紫門の背中に当てた。

「合いそうね」

紫門に袖を通してみなさいといった。

仔鹿の革コートは重かった。しかし肌ざわりがよい。自分のを買うがいいと紫門はいったが、三也子は彼の住所を伝票に書き、送ってもらいたいといった。

この町は商店街だけではなかった。緩い坂道を登ると、閑静な住宅街だった。緑の芝生の上に白い住宅が点々と立っている。たいていの家が平屋である。黄色の花をつけた並木もあった。

「友だちが住んでみたいといったのは、ここのことだと思う」

三也子は、白い壁と水色の窓枠の家の前に立った。ブルーに塗った柵で囲んだ敷地は四百坪ぐらいはありそうだった。

家々の屋根越しに残雪の山脈があった。ゴルフコースと見紛《みまが》うほど広い芝生の奥の木陰に、隠れるように白い二階建てのモーテルがあった。日本人から見たら贅沢な造りである。テラスではショート・パンツの老人が、白い椅子で長い足を伸ばしていた。

クイーンズタウンへもどると、ゴンドラに乗ってボブスヒルへ登った。標高四五〇メートルぐらいである。眼下にクイーンズタウンの町とワカティプ湖が広がっていて、サザンアルプスも一望できた。コバルトブルーの湖に、半島が二つ突き出し、行き来《いき》する船が白い航跡を引いていた。岩山の頂稜はいずれも雪をかぶっていて、蒼い空にくっきりとした境界を描いている。

パラグライダー・ポイントへ登ると、背の高いカップルが近づいてきた。男は日本製のカメラを首に吊っていた。湖を背景にシャッターを押してくれと紫門にいった。

紫門もカメラを渡し、三也子に並んだ。この写真を、豊科署の小室主任や及川に見せたら、歯ぎしりして口惜《くや》しがるだろう。

山上のレストランには日本人のカップルが何組かいた。

「あの人たち、この風景を見飽きたのかしら？　こんなに早くから、飲んだり食べたりしていて」

三也子は展望台から中をのぞいた。

レストランをよく見ると、飲み食いしているのは日本人だけだった。

4

湖畔のレストランに着いて十分ほどするとマーティン・ゲイツが長身を現わした。彼はグレーのジャケットに黒いズボン姿だった。

「どこを見物してきましたか？」

ゲイツは、三也子に笑顔を向けた。

紫門は、ワインは好きかとゲイツにきいた。

ゲイツは細い顎を引いた。

十数分後、紫門と三也子は、ゲイツからこのような話をきくなど予想もしなかった。

それは衝撃的な事件だった。

――事件は九六年一月中旬の真夜中に起きた。

その夜、エドワード・ウィバースとヴィクター・メリルは宿直だった。あと三分で日付が変わろうとしていた。この近くのレストランと商店のあいだの路地に、不審な人間がうろついているという電話通報が市民から警察に入った。その十日ほど前から、クイーンズタウンとアロータウンの貴金属店や衣料品店に夜間賊が侵入し、現金や商品を盗まれる事件が相次いで起き、犯人を目撃して追いかけようとしたビルのガードマンが銃《ライフル》で撃たれて重傷を負った。犯人は商店荒らしをしている者に違いないということになり、署は特別警戒態勢で備えていた。捜査線上に怪しい人間が浮かばないため、夜間の警戒も強化していた。

そこへ、不審者を目撃したという通報が入った。十人の警官が出動し、不審者をさがした。

ウィバースとメリルは、湖畔のボートハウス付近を見回っていた。と、建物の陰で動く人間らしいものを見つけた。二人が目を凝らしていると、大きな荷物を背負った人間が出てきた。男に見えた。その男は銃を持っているように見えた。「野郎だ」メリルがいった。ウィバースはうなずき、二人は拳銃を構えた。

「動くな」二〇メートルぐらいのところでウィバースが怒鳴った。男は建物のあいだに隠れた。男は荷物を盾にするように前へ置くと、銃口を二人の警官に向けた。

「銃を捨てろ」と二度いったが、男が向けている銃口は警官のほうを向いて動かなかった。ウィバースとメリルは、男に向けて拳銃を撃った。が、男は銃口を向けたままだった。ウィバースとメリルは、なおも男を狙って拳銃を撃ちつづけた。

銃声をきいて、べつの班の警官が寄ってきた。ウィバースはライトを点《つ》けて自分たちの居場所を合図した。

警察車両もやってきた。

十数分経過した。が、建物の陰に隠れた男は動く気配を見せなかった。荷物を盾にして警官を向いている銃口も動かなかった。何度声を掛けても応答がない。

そこで警官は地面を這って男に近づいた。一台の車が男のひそんでいる地点へライトを向けた。そこで全容が明らかになり、警官たちは暗い天を仰いだ。

大型ザックの脇に男が仰向けに倒れていた。男は胸や腹から血を流して事切れているようだった。

事態はすぐに呑み込めた。男は警官に声を掛けられて建物の陰に身を寄せようとした。そこをウィバースとメリルに射撃されたのだった。

男は銃を持っていなかった。着衣のポケットに入っていた物は、パスポート、ノート、ボールペン、タバコにライター、二つ折りの財布と小銭入れ、ハンカチだった。

男を病院に運んだ。すでに死亡していた。検視の医師は、胸と腹に銃弾を受けたのが死因に違いないと語った。

クイーンズタウン署幹部は、その夜のうちに署長をまじえて今後の措置を協議した。ウィバースとメリルに、「なぜ撃ったのか」ときいた。きかれた二人は口をそろえ、「暗がりから銃口が向いたからです」と答えた。

死亡した男の所持品で身元が判明した。日本人で、東京都墨田区に住む坂上和正《かずまさ》、三十二歳。領事館を通じて同人の家族と連絡を取った。警察は家族に、「事故死」と伝え、遺体を解剖することも伝えた。

家族の話によると、坂上和正はカメラマンでありフリー・ライターで、約一か月前、ニュージーランドへ発《た》ち、単独で南島を回っていた。同国に着いてから四、五回、家族に電話していた。

坂上の遺体はクライストチャーチの大学法医学教室へ空輸した。解剖検査の結果、坂上の胸と腹は銃弾七発を被弾していた。体内にとどまっていた銃弾を検《しら》べたところ、七発ともウィバースとメリルの拳銃から発射された弾丸であることが確認された。

その前に彼のザックの内容物を検べたが、銃は入っていなかった。凶器になる物といえば、野菜やくだものを切ることのできるナイフのみだった。

真夜中の暗がりとはいえ、ウィバースとメリルがなぜ銃が狙っていると見誤ったのかを事件現場で検証した。

坂上はザックにアルミ製のカメラ用三脚と小型テントのフレームを結わえつけていた。三脚に近くの建物の外灯の弱い光が反射し、それを二人の警官は銃口と見紛ったのだろうと結論した。

一人のガードマンが撃たれたことから、警官たちには窃盗犯は銃を持っているという先入観があった。これがウィバースとメリルに拳銃を使わせる結果になった。ウィバースは装塡してあった五発を撃ちつくしていた。メリルの銃には一発が残っていた。二人は九発撃ち、七発が坂上のからだに命中したのだった。

このことを警察は重視した。丸腰の人間に対して、九発も撃ったのは過剰反応だということになった。国民に衝撃の広がるのを怖れた。

マスコミには、警官の撃った銃弾によって日本人旅行者が死亡したことを発表したが、九発撃ったことは伏せたのである。

警察当局は熟慮のすえ、ウィバースとメリルを説諭解雇した。表向きは依願退職というかたちをとった――

「日本からやってきた坂上さんの家族には、事実を説明しましたか？」

苦しげな表情のゲイツに紫門がきいた。

「二人の警官が拳銃を九発撃ったといったかどうかは知りませんが、事実に近い説明とお詫びをしたはずです」

「坂上氏の家族は抗議をしなかったですか？」

「それはなかったときいています」

「坂上氏は真夜中に、なぜそんなところにいたんでしょうね？」

「野宿をしては写真を撮って歩いていたようです。テントを持っていたんですから、ビーチか草原にそれを張って寝ていれば、そんなことにはならなかったでしょうに」

「まさか商店や飲食店へ盗みに入るつもりだったんじゃないでしょうね？」

「彼が撃たれた夜、付近の商店は窃盗の被害に遭っていません。ですから建物を破って入ろうという意思はなかったのだと思います。ザックの中にはパンや飲料水が入っていました。たぶん夜明けの湖でも撮影するつもりで、野宿していたんじゃないでしょうか」

紫門は、ウィバースの遭難現場をあらためて詳しく話し、その死に方に不審を抱いているのだといった。

「じつは、ウィバースが日本の山で遭難死したときいた瞬間、ここで起きた事件との関連を考えたものです」

「彼の不注意か、自然現象による遭難ではないと思われたんですね？」

「そんなことはないと思いますが、坂上さんの関係者が遭難現場の近くにいなかったかと……」

「帰国したら、そこのところを慎重に調べます。……ウィバース氏が亡くなられる前に、メリル氏がマウント・クックで遭難しています。それについて特別なご感想はありませんか？」

「私はメリルのお葬式に行きました。そこで遭難現場のもようを伺いましたが、そのときは運の悪い男だと思っただけでした。五月にウィバースが日本の山で死んだときいて驚きましたし、偶然だろうかと、深く考えました。しかし二人とも事故死でした。紫門さんがお見えになるまで、警察の見方を信じていました」

　ワインの酔いでゲイツの顔がわずかに赤くなった。

「メリル氏もウィバース氏も、登山経験を積んでいました。かつて二人は、クック山に登ったことがあるときききました。クック山は日本のアルプスと比べたら数倍厳しい。……私と彼女はタズマン氷河を歩き、メリル氏の遭難現場も見ました。率直な感想は、登山のベテランが、氷塊が落下してくる危険のある氷壁の直下を歩いていたことが、信じられないんです。ウィバース氏の場合も同じことがいえます」

「というあなた方は、二人の死亡は事故ではないと考えているんですね？」

　ゲイツは三也子の顔にきいた。

三也子はグラスを置いてうなずいた。

紫門は、警察官だったウィバースとメリルが起こした日本人旅行者射殺事件が、二人の遭難死に関係していると思わないかと、ゲイツの目の奥をのぞいた。

「まさかとは思いますが……」

ゲイツは長い顔を傾《かし》げた。

紫門はノートを開いた。

「ウィバース氏は、五月五日に成田に到着し、次の日、東京・墨田区の坂上という家を訪問しました。彼を日本に招いた樋口氏は、ウィバース氏と坂上家がどのような間柄かを詳しくは知りませんでした。なんでも坂上家の一人がニュージーランド旅行中に死亡した。その人とは以前ニュージーランドで知り合ったのだときいた程度でした。ウィバース氏は、上野というところの寺へ行き、坂上家のお墓に参っています。彼がなぜそうしたのか、いまのお話で理解できました。ウィバース氏は心の隅に、いつも坂上和正氏を撃ってしまったことをとどめていたのでしょう」

「ウィバースは、根は優しい男でしたからね」

五月六日、東京・墨田区の坂上家はウィバースの訪問を受けた。樋口の話だとウィバースは単独で同家を訪ね、一時間で樋口夫婦の待つ場所へもどってきた。坂上家の人たちは、ウィバースから後立山に登る日程をきくことができたはずだ。

「坂上和正氏が亡くなったとき、家族の誰がここにやってきましたか？」

食事を終えて出て行く日本人団体客が、紫門らの脇を通った。その中に、さっきから高い声が耳についていた中年女性二人が入っていた。

「ご両親と弟さん、それから坂上氏と親しかった女性と、男性の友人の五人でした」

家族は坂上和正の遺体を引き取ると、茶毘《だび》に付《ふ》して帰国したという。

ゲイツは、家族とともに訪れた坂上と親しかったという女性と友人の名は知らないといった。女性はたぶんフィアンセか恋人だったろう。ゲイツの目には、五人のうちでその女性が最も憔悴しているように映ったという。

ゲイツからの話をきき終えた。食事もすんだ。

椅子を立つとゲイツは、「坂上氏が二人の警官に撃ち殺された事件のことを、私からきいたといわないでもらいたい」と、念を押した。警察内部ではこの事件を、みだりに喋らないことになっているらしい。

5

そういいながらゲイツは、坂上和正が射殺された現場へ、紫門と三也子を案内した。

そこは三人が食事したレストランとは三〇〇メートルと離れていないワカティプ湖

畔だった。黒っぽいボート・ハウスと、白い壁の建物のあいだに人一人がやっと通れるくらいの路地があった。路地は道路から湖岸に通じている。波が岸辺と船をピタピタと洗っていた。道路の反対側の建物に外灯があって、弱い光を送っているだけで、そこは森の中のように静かである。

坂上和正はこの路地に入り込んでいたのだった。ボート・ハウスは午後八時ごろには閉まり、夜間、付近は無人となるのだった。

坂上が何時間かそこで横になっていたのは確かだった。彼はテントをからだに巻きつけるか、かぶって寝ていたらしく、テントがまるめられていたという。

夜中に目を覚ましてか、路地を出たところを二人の警官に目撃され、声を掛けられた。そのとき警官の呼びかけに応えて出てくれば悲惨な事件は起こらなかった。だが彼は他人の敷地内で寝ていたのをとがめられると思ってか、路地に入り直したものらしい。

その前に市民から、不審な人間がいるという通報が寄せられたのだが、通報の主が目撃した怪しい人間が、坂上であったかどうかは不明のままだった。

紫門は、ウィバースとメリルが坂上を撃った地点へ立ってみた。白い建物と黒い建物が並んでいるが、そのあいだに路地があるかどうかは見えない。

三也子が路地の出入り口にしゃがんだ。彼女は白いトレーナーを着ているから、動きがかすかに読み取れるが、黒っぽい物を着ていたとしたら、どういう姿勢をしているのかは判断がつかないだろうと思われる。

おそらく坂上はザックを自分の前へ置き、正座するような格好で辺りを見回していたのだろう。ザックからは上半身が出ていた。ザックに結わえつけていたカメラの三脚の一本が、二人の警官を向いて、それがあたかも銃口に見えたのだろう。

何日か前から、夜間の商店荒らしや、ライフルによってガードマンが撃たれる事件が起きていなかったら、ウィバースとメリルは暗い路地の入り口にうごめく人間に向かって拳銃を発射させなかっただろうし、ザックにつけた三脚の一本を銃口と見紛うことはなかったろうと思われた。

ザックの陰で上半身を出していた坂上は、二人の警察の撃った最初の一発を胸か腹に受けて、建物の壁に寄りかかったに違いない。だが、ザックは動かなかった。だから銃口は警官のほうを向いたままだった。ウィバースとメリルは、「撃たれる」と感じ、つづけざまに九発撃った。まさに過剰反応である。

三也子は、紫門とゲイツの前で身震いした。

翌十二月一日。紫門と三也子はオークランドに一泊し、十二月二日、帰国した。おおむね好天に恵まれた。

帰りの機中、三也子はもう一度ニュージーランドを訪ねたいといい、クック山に登りたいといった。それは紫門も同じだった。あらかじめ登山装備をマウント・クックのホテルかロッジへ送っておこうと話し合った。

「次は、事件の調査とかけ持ちでないことを祈るわ」

「ぼくだって、好きで事件を調べたわけじゃない」

「そうかしら？」

彼女は彼の横顔をにらんだ。


松本へ帰った紫門は一日休んだ。その間にニュージーランドで撮った写真が出来上がった。山と風景を撮ったのだけを選び出した。これを小室と及川に早く見せたかった。二人には革の小型バッグをみやげに買った。

「また陽に焼けたんじゃないか」

紫門の顔を見たとたんに、及川がいった。

小室が出勤してきた。一年中山焼けの小室までが紫門の顔色を見て、

「いい天気がつづいたらしいな」

と笑った。

紫門が期待したとおり二人は、クック山の写真を見ると声を上げた。夏の山とは思

えないともいった。

「これは、何時ごろ撮ったんだい？」

真夜中に撮ったクックの偉容を見た二人は唸った。及川は、現地で買った絵はがきを複写したのではないかといって、紫門をくさらせた。

「片桐君の写真が一枚もないじゃないか」

小室と及川は、紫門が三也子と一緒に行ったのを知っていた。

「半分は彼女を撮ったに違いない。一枚も見せないというのは、作為がありありだ」

及川の言葉には嫉妬がこめられているようだった。

紫門のみやげ話を、女性の職員までがきいて、うらやましがった。「来年の冬は絶対に行く」といった女性もいた。

小室と及川だけになったところで、紫門はクイーンズタウン署のマーティン・ゲイツからきいたことを話した。九六年一月の深夜、東京の坂上和正が、ウィバース、メリルの二警官に射殺された衝撃的な事件をである。

小室と及川は腕組みした。日本の警察官が同様の事件を起こしても、処分は同じだろうと小室は神妙な顔をした。

「丸腰の旅行者に向けて、九発も撃ったとは……」

及川は天井を仰いだ。

小室は、ウィバースの遭難事故を扱った大町署に、坂上和正の事件を話しておくべきではないかといった。

「ぼくに坂上和正氏の身辺を調べさせていただけませんか。勿論、公務ではありません。個人的に動いてみたいんです。警察の力を借りる必要が生じたり、ウィバースの遭難に坂上が射殺された事件が関係していそうだと分かったら、調査したことを大町署に報告します」

紫門はいった。

小室と及川は顔を見合わせ、しばらく考えているようだったが、大町署の五味主任の耳にだけは入れておくと、小室がいった。

「坂上和正の家族は、ニュージーランドの警察に抗議はしなかったんだろうか？」

「しなかったとゲイツ氏はいっていました」

「ゲイツは一警察官だろ。じつは坂上家は抗議したが、それを知らなかったということも考えられる。あるいは抗議したが、認められなかったんじゃないだろうか？」

小室がいうと、

「もしそうだとしたら、坂上の家族は恨みを、ウィバースとメリルに向けたでしょうね」

及川はタバコを指にはさんだ。

及川の言葉に紫門は勇気づけられた。

紫門は帰宅すると、旅行鞄に着替えを詰めた。午後七時を待って、あす上京することを三也子に電話で伝えるつもりである。

四章　フォックス氷河

1

上京した紫門は、墨田区の坂上家の周辺で同家の内情を聞き込んだ。

坂上家は木造二階建ての古い家だった。坂上和正の父親の先代が建てた家だという。父親は大手の総合重機メーカーの役員だったが、三、四年前、系列会社の社長に就任した。六十二歳で健康そうな人という。毎朝、黒塗りの乗用車が迎えにきていると、隣家の主婦は紫門に座布団をすすめて話した。

和正がニュージーランドで不慮の死をとげたのを知っているかときいたところ、

「近所でそのことを知らない人はいないはずです」

と、小柄な主婦は入口の板敷きにすわっていった。

「和正さんは、どんな亡くなり方をしたのですか？」

紫門はとぼけてきいた。和正の家族は近所の人にどう話しているかを知りたかった。

「なんでも有名な観光地で事件に巻き込まれたということです」

「事件に……」

「銃を持って商店荒らしをしているのが見つかった犯人を、警察が取り巻いて、撃とうとしたんです。そこに和正さんがいて、犯人と間違えられたのか、警官の撃った銃の流れ弾に当たったたかして、亡くなったということでした。こっちの新聞にも載りましたが、運の悪い人です」

「和正さんは、カメラマンで、ニュージーランドの写真を撮りに行っていて、災難に遭ったそうですね？」

「大学で写真を専攻して、卒業してから有名な写真家の助手をしていました。カメラマンで食べるのは大変だということで、ご両親は賛成していなかったそうですが、好きな道に進みたかったんでしょうね」

「和正さんは、どんな写真を撮っていましたか？」

「風景写真です。日本の山も外国の山も……。いただいた写真集があります。わたしがお話しするより、それをご覧になってください」

主婦は重そうに腰を上げ、奥から白とブルーの表紙の二冊の写真集を持ってきた。一冊は新聞社、もう一冊は山岳情報誌で有名な出版社の発行したものだった。

紫門は新聞社発行のブルーの表紙の写真集に見覚えがあった。日本の有名な登山家と同行の二人が、アラスカのマッキンリーで遭難した。何日間か三人は音信を絶ち、行方不明だった。日本から捜索隊が駆けつけた。それに和正と弟の惇志《あつし》が参加した。

「弟さんも、山をやるんですか？」

「ええ。学生時代からしょっちゅう山登りをしていました。山岳部に入っていて、年末から正月にかけて十日以上も吹雪《ふぶき》の中を歩いていたことがあって、ご両親をひやひやさせていたものです。アラスカで遭難した有名な登山家……。そうこの人です」

主婦は写真集に指を当てた。「この登山家と惇志さんは仲良しだったんです。それで捜索に出掛けることになったんですが、和正さんは新聞社から頼まれて、カメラマンとして一緒に出発したんです」

写真集は冒頭に、雪煙を吹き上げているマッキンリーを載せ、次のページに遭難死した三人の笑顔を飾っていた。

白一色のマッキンリーの空写、捜索隊の列、テント内での食事や、地図を広げての検討風景などがつづいている。圧巻は次のページだ。「目を覚ますと、テントを叩きつづけていた風の音がやんでいた。杖で内側からテントの天井を突くと、氷の割れるような音がして、凍った雪がはじけ飛んだ。そこから光が差した。テントから顔を出した。紺碧《こんぺき》の空が白い稜線の上にあった。初めて見た蒼空だった。テントを這い出した。隣り合わせている二つのテントはまだ眠っているらしかった。ピッケルを突いて立ち上がった。と、五〇メートルほど先の雪面に、赤いフード、赤いウェア、ブルーのオーバーシューズを着けた人間が、仰臥《ぎょうが》していた。鋭いアイゼンの歯が東を向いて輝いていた。『Uさんだ』私は思わず叫ぶと、Uさんに向かって駆けた。寒冷のため彼は鋼鉄のように硬直し、フードに付いた白い羽毛だけを震わせていた」これが遭難者を発見した瞬間である。登山家Uの姿を撮ったのが和正で、その写真の下にコメントを書いているのが弟の惇志だった。

この写真集は豊科署にもあった。新聞社から寄贈されたものだった。紫門は山岳救助隊に入隊して間もなく見た記憶がある。

白い表紙の写真集は、北アルプスの穂高と槍と笠《かさ》と錫杖《しゃくじょう》だった。各山の四季を撮っているが、なんといっても切り立った岩だけの錫杖岳《しゃくじょうだけ》は凄みがある。黒い岩壁と雪が流れている写真には寒さを覚えた。

「惇志さんは会社勤めですか？」

紫門は写真集を閉じた。

「新橋《しんばし》に本社のあるビルのメンテナンス会社に勤めているそうです」

和正は三人兄妹だった。妹は日本橋《にほんばし》の商事会社に勤務しているという。

「今年の秋に結婚なさることが決まったそうです」

主婦の話によると、和正はここから歩いて五分ほどのところにあるマンションに一人暮らしをしていたという。

「亡くなったとき、三十二歳でしたが、独身だったんですね？」

「結婚を約束した人がいたようです。和正さんのお母さんにききましたが、和正さんがニュージーランドで事件に遭ったとき、結婚するはずだった女性も現地へ一緒に行ったということでした。その女性とは、和正さんが写真の勉強をしていた有名な写真家の紹介で知り合ったということでした。その人も辛かったでしょうね」

有名な写真家は守谷広明《もりやひろあき》だった。山岳写真も撮ったが、日本中の森林を美しく撮ることで知られるようになった。何年も前に紫門は東京で、この人の写真展を観たことがある。

小室主任に電話した。

「坂上和正の弟も山をやる……」

「坂上惇志という名です。兄の和正よりも山に関しては熟達しているようです」

紫門は、坂上家の隣家で見せてもらった写真集のことを話した。

「弟の惇志は、ウィバースの登山日程を知ることのできた人間だな」

「ウィバース氏は、五月六日に坂上家を訪問し、そのあと和正氏の墓に参っています。彼は坂上家を訪ねたとき、後立山に登ることを話していそうな気がします。五月九日に白馬山荘か、反対側の唐松岳頂上山荘に、惇志が泊まっていたとしたら、彼を疑う必要がありますが、彼の名前は見当たりませんでした」

小室は、念のため大町署が調べた当日の宿泊者名簿があるからそれを見るといった。書類をめくっているらしい音が受話器に入った。

五月九日、白馬山荘には十一人が宿泊した。この中にウィバースと樋口が入っている。唐松岳頂上山荘には四人が泊まった。ウィバースを不帰ノ嶮で殺そうと計画した人間がいたとしたら、前日、どちらかの山小屋に泊まっていそうなのだ。

「やはり坂上惇志という名は見当たらない。当日両方の山小屋に泊まった人については大町署が住所を確認している。でたらめの名を使って泊まった者はいなかったということだ」

「五月九日、テントに寝て、不帰ノ嶮でウィバース氏の到着を待ったことも考えられますね」

「登山経験を積み、冬山をやったことのある人間なら、それぐらいのことは可能だ。惇志という男の職業は？」

「ビルのメンテナンス会社の社員ということです。これから五月九日に彼が出勤しているかどうかを確かめようと思っています」

「和正の家族か関係者で、弟のほかに怪しい人はいないんだね？」

「和正と結婚するはずだった人がいます。その女性も、和正氏が事件に遭った直後、現地へ行っています」

「その女性も山をやるのか？」

「それはまだ分かっていません。和正氏と彼女は、守谷広明氏の紹介で知り合ったそうです」

「守谷広明か。最近は名前をきかなくなったが、もう六十半ばだろうな」

紫門はこれから、守谷広明の事務所を訪ねようと思っている。

山岳情報誌を出している出版社の編集部にいる知人に電話で、守谷広明の事務所はどこかをきいた。そこは渋谷駅の近くのビルだと教えられた。

渋谷駅を降りるたびに紫門は思うが、ここにはどうしてこんなに人が集まるのか、不思議なくらいである。

守谷広明の事務所には女性の従業員が二人いた。壁には内外の山岳写真のパネルが何枚も掛かっていた。現在の時季に合った写真を選んだのか、ほとんどが残雪の縞模様のある山だった。安曇野《あずみの》のレンゲ田越しに常念岳《じょうねんだけ》を撮ったのは美しかった。

この事務所は風景写真の貸し出しもしている。地名や山名を告げるだけで、その場所を撮ったのが何コマも選び出せるようになっている。来客が索引を見ながら風景写真を見ていた。従業員との会話をきいていると来客は出版社の人のようだった。

守谷広明はいなかったが、坂上和正のことを尋ねにきたと紫門がいうと、メガネを掛けた三十半ばの女性が、しばらく待ってくれといった。

その女性は客の応対を終えて紫門の前へやってきた。彼女は、坂上和正ならよく知っているがどういう用件かときいた。

「じつは、坂上さんのフィアンセの方のことを知りたいのですが、あなたはご存じですか?」

「北岡靖子《きたおかやすこ》さんのことですね」

「守谷先生のご紹介で、坂上さんとお付き合いなさっていたということですが」

「それは北岡さんです。ずっと前、坂上さんと同じようにここで働いていましたが、いまは本郷《ほんごう》の出版社にお勤めです。そこで写真を担当していて、ここへはたまにお見えになります」

坂上がニュージーランドで事件に巻き込まれて死亡したとき、北岡靖子は現地へ行ったらしいが、それを知っているかと紫門はきいた。

「知っています。ニュージーランドへ行く前にそれをききましたし、帰ってきてからわたしは彼女に会っています」

紫門はここを訪ねることになった経緯を説明し、山岳救助隊員としてウィバースの遺体収容に当たったが、その遭難には不審な点があるので、来日した彼が誰に会っているかを知りたいのだと、多少の作り話をまじえた。

「ウィバースさんとは、どういう方なんですか?」

「坂上さんが亡くなった当時、クイーンズタウン署に勤務していた警察官です」

「まさか、坂上さんに向かって発砲した警官ではないでしょうね？」

「発砲した一人です」

彼女はメガネの奥で瞳を動かした。

「紫門さん。はっきりおっしゃってください。ウィバースさんの遭難に、北岡さんが関係しているとお疑いになっているのではありませんか？」

「ひょっとしたらと考えたんです」

「北岡さんは、カメラをかついで北アルプスへも南アルプスへも登っています。でもそれは夏や秋のことです。五月の北アルプスといったら、天候によっては冬山と同じですね。彼女には冬山経験はありませんし、まして単独で五月の不帰ノ嶮へ登れるほどの山女ではありません」

「単独でなかったら？」

彼女はボールペンを持ったまま腕組みした。

「紫門さんがお考えになるような恐ろしいことを計画する人とは思えません。もしも彼女がそのようなことを計画したとしても、協力する人がいるでしょうか？」

「考えられる男性がいます」

「誰でしょう？」

「坂上惇志さんです」

「弟さん。……弟さんはたしかに登山経験を積んでいますが、しかし……」

彼女は坂上惇志に会ったことがあるといい、彼を思い浮かべてか首を傾げた。

「和正さんが亡くなったとき、クイーンズタウンへは、ご両親に惇志さん、それから北岡さんと、もう一人、和正さんのお友だちが同行していますが、それはどなただったかご存じですか？」

「和正さんの大学の同級生の高井《たかい》さんです。新聞社の写真部に勤めています。高井さんにもお会いになって紫門さんのお考えになっていることを話されたらどうでしょう。高井さんは惇志さんともお付き合いしているようですし」

彼女はA新聞社の高井の部署の電話番号を読んだ。

「紫門さんは、惇志さんや北岡さんが、ウィバースさんの遭難に関係しているかどうかを、どうやってお調べになるんですか？」

「ウィバース氏が死亡した前後の日に、勤務先を休んでいないかを確かめるつもりです」

「その確認を本人には知られたくないでしょうね？」

「調査というのはときには相手を傷つけますから、内密にやります」

「たとえば北岡さんが、五月十日前後に会社を休んでいないことが分かれば、それ以上はお調べになりませんね？」

彼女は念を押すようないい方をした。

「勿論です。五月十日に不帰ノ嶮に立つには、少なくとも三日間は勤務先にいなかったはずです。五月十日を中心にした三日間、休んでいなければ、ウィバース氏の遭難に直接関係はしていないという証明になりますから」

「北岡さんの出勤状況をわたしが、確認しましょうか？」

彼女はメガネを光らせた。

「できますか？」

「北岡さんが勤めている出版社には、私の親しい人がいます。紫門さんがそこへおいでになるよりは、北岡さんに分からないように確認できると思います。それともご自身でないと？」

「そんなことはありません。確かめることができさえすればそれで充分です」

彼女はうなずいた。紫門に背中を向け電話番号簿を開くと、ボタンを押した。

相手の声が紫門にもきこえた。男性だった。

「ちょっとお願いがあるんですが」

彼女は、北岡靖子に内緒で五月十日前後の出勤を確かめたいといった。相手は理由をきいているようだったが、「いずれお話しします」といって電話を切った。

四、五分後、彼女のデスクの電話が鳴った。
北岡靖子のいる出版社はそう大きくはないらしい。北岡靖子は五月十日も、その前後の日も平常どおり出勤していた。

2

坂上惇志が勤務している新橋のビルメンテナンス会社を訪ね、坂上惇志の五月の出勤状況をきいた。

書類を持って出てきた人事担当者は、

「坂上は今年の四月二十日で退職しています」

と答えた。

「四月二十日……」

紫門はつぶやき、その日をノートに記した。退職後どうしているかをきいたが、分からないといわれた。

坂上和正の友人だった高井という男を、大手町《おおてまち》のA新聞社に訪ねることにした。高井は、和正がクイーンズタウンで不慮の死をとげた直後、和正の家族や恋人と一緒に現地へ行った一人である。

大柄な高井は紫門を、写真部の応接室に通した。紫門の話をじっときいていた高井は、うなずくと顔を上げた。

「紫門さんが坂上の家族や北岡さんに注目なさったのは当然だと思います。もしも私が紫門さんの立場だったら、同じように坂上の家族や関係者を疑ったでしょう。私は坂上の家族と一緒にクイーンズタウンへ行き、現地の警察の幹部から、事件を詳しくききました。惇志君は、二人の警官の発砲は過剰じゃないかと抗議しましたが、警察当局の対応に納得したようでした。現地の警察当局はとても誠実でした。日本の領事館の人に対してもです」

「現地の警察は、坂上さんを撃ったことに対して、なんらかの補償はしたでしょうね？」

「充分とはいえないでしょうが、誠意のこもった補償はしてもらったという話を、あとで坂上の両親にききました」

「事件の直後、坂上さんを撃った二人の警官は警察を退職しましたが、それも坂上家の人たちは知ったでしょうか？」

「知っていました。坂上のお骨を抱いて帰国してから、現地の警察署長から手紙がきて、それには、二人の警官を退職させたことが書いてありました。坂上の両親は、気の毒なことをしたといっていました。撃たれた坂上にも越度《おちど》があったんですから」

紫門は、クイーンズタウンでゲイツからきいた事件の全容を思い出し、坂上が撃たれて死んだ暗い路地を頭に浮かべた。坂上がザックに結わえつけていたカメラの三脚の一本が二警官のほうを向き、あたかも銃口に見えた不運を思った。

「坂上さんを撃ってしまった二人の警官のうち、メリル氏は去年の十二月、タズマン氷河を歩いていて、崩れてきた氷塊に当たって遭難しました。一方のウィバース氏は、日本の山で遭難し、その亡くなり方はありきたりの山岳遭難事故とは思えません。二人が相次いで、しかも山岳地で命を失ったことを、高井さんはどう思われますか？」

「メリルという人が亡くなったことは知りませんでした。しかし崩れてきた氷の塊りにやられたことがはっきりしているのですから、事故であり、不運としかいいようがありません。ウィバース氏の場合は、不帰ノ嶮の最難所を登りかけたとき、たとえばバランスを崩した拍子に、岩に固定してあるクサリを摑まず、たまたまそこに垂れ下がっていたロープのほうを摑んでしまったということではないでしょうか？」

「そこにロープが垂れ下がっていたことが問題なんです」

紫門は、不帰ノ嶮を知らないという高井の前へ、岩の裂け目に雪の詰まった難所の写真を置いた。

「うまく撮っていますね。身震いします」

カメラマンは写真に見入った。「ロープは、ウィバース氏を墜落させる目的で垂らしていたのではないかという見方はできないのですか？」

「悪質ないたずらではないかという見方はできます。いたずらだったとしても、ロープを垂らしておいた人間を突きとめなくてはなりません。こうして高井さんをお訪ねしたのは、もしかしたらウィバース氏を殺害するのが目的だったらと考えたからです。高井さんがおっしゃるように、彼はそこにロープが垂れていたから、つい摑んでしまったのかもしれません。しかし彼が登山を長年経験した人であるのを無視することはできません」

「紫門さんは、ウィバース氏を殺すために仕掛けられた工作という見方をとっていらっしゃるようですね？」

「ニュージーランドへ行って、メリル氏の遭難を知り、その見方を一層強くしました」

「警察当局の見方は、どうなんですか？」

「ウィバース氏の死亡については、事故と他殺と両面から調べましたが、他殺と断定する証拠がないことから、山をやる者にあるまじき悪質ないたずらということにして、調査を打ち切りました。疑問を残したままです」

高井は首を何度も動かしたが、ウィバースの遭難に坂上家の人たちや和正の恋人だった北岡靖子はかかわってはいないと、断言するようないい方をした。

紫門は、坂上惇志が現在どこに勤務しているかをきいた。

「ビルのメンテナンス会社にいるはずですが」

高井は、惇志がその会社を退職したのを知らなかった。

紫門は勤務の終わった三也子に会い、二人で夕食を摂りながら、きょうの調査結果を詳しく話した。

「坂上惇志さんが四月二十日に会社をやめているのが気になるわね。それと、メリルさんが亡くなった日、惇志さんと北岡さんは日本にいたのかしら？」

三也子は、紫門が注いだビールのグラスを見ながらいった。

「そこまでは調べなかった。メリル氏が死亡した日のことまでは気がつかなかった」

紫門は、それをあした確かめることにした。

「坂上惇志さんと北岡靖子さんが、もしも何日間か会社を休んでいたら、疑ってみるべきね」

それは去年の十二月六日前後である。二人のうちどちらかが、何日間も休んでいたとしたら、ニュージーランドへ出掛けていたことも考えられる。

次の日、ヴィクター・メリルがタズマン氷河で遭難した日に坂上惇志と北岡靖子が日本にいたかという疑いは消し飛んだ。二人とも勤務先に平常どおり出勤していたし、当日の前後にも連続して欠勤したり、休暇は取っていなかったことが分かった。

紫門はあらためて、坂上家の近所で惇志の日常を聞き込みした。以前と同じように勤めているように見えるが、その勤務先を知る人には出会えなかった。

紫門は松本へ帰ると豊科署へ行って、小室主任と及川に、坂上和正の家族と恋人だった北岡靖子について調べたことを話した。

小室はタバコの吸い殻を灰皿の底に押しつけながら、坂上惇志を無視することはできないといった。しかし彼の五月十日のアリバイを確認する手段が、いまのところ思いつかなかった。

「帰りの列車の中で考えたんですが、ウィバース氏を殺すつもりじゃなかったけど、不帰Ⅱ峰にロープを垂らしておいた不届き者が、五月九日、白馬山荘か唐松岳頂上山荘に泊まった者の中にいるような気がするんです」

紫門はポケットノートを開いた。

「おれもいたと思っている。しかし誰がやったかという確証を大町署は摑むことはできなかったじゃないか」

及川がいった。

このことについては先に大町署が調べている。その報告書のコピーが小室の手元にあり、紫門も及川も読んでいる。

「大町署の捜査は行き届いていないとはいいませんが、山小屋に届けた登山計画を鵜呑みにしているような気がします。白馬山荘に泊まり、翌日は白馬岳に登って下山と書いていることに嘘はないという前提で調べたんじゃないでしょうか」

紫門は、小室と及川の反応を待った。

「たとえば五月十日の朝、白馬岳に登らず、ウィバースと樋口を不帰ノ嶮へ尾《つ》けて行った者がいるというんだな？」

小室は、紫門の肚《はら》の奥をのぞくような目をした。

「二人より先に山小屋を出ていると思います」

その登山者は、白馬山荘を発った樋口とウィバースが、唐松岳へ向かって縦走するのを、前夜か当日の朝、確かめているように思われる。

「いたずらにしろ、ウィバースか樋口を墜落させるのが目的にしろ、そういうことをやるとしたら、単独行の者だろうな？」

「単独だと思います」

五月九日の白馬山荘宿泊者のうち、単独行は二人だった。塩野と冬芝という男で、二人とも登山計画は白馬岳に登って下山ということになっている。

反対側の唐松岳頂上山荘の宿泊者の中には単独行はいなかった。

「五月九日の夕食のとき、ウィバースに英語で話しかけた男がいるといってたな？」

及川がきいた。

「それは中島という男で、女性同伴のスキーヤーだった」

紫門が答えた。

「女性を同行しているスキーヤーか。そのカップルは除外してよさそうだな。次の朝、出発準備をしていたウィバースに、やはり英語で話しかけた男がいるといっていたが？」

「それは冬芝だ。白馬山荘の従業員の話では、冬芝は流暢な英語で、どこからきたのかとか、どこへ登るのかときいたそうだ」

「よし分かった。紫門君は、単独行の塩野と冬芝の身辺を洗ってみることだな。五月十日、白馬岳に登るという登山計画を出している二人が、いつ帰宅したかを、まず確かめるべきだ。君の力で確認できなかったら、連絡してくれ。二人の住所の所轄署に協力を要請してもいい」

小室はいうと、時計を見て椅子を立った。外で人に会う約束の時刻が迫ったという。

3

塩野明《あきら》は三十歳。住所は東京・八王子《はちおうじ》市だった。もう一人の単独行は冬芝秀紀《ひでき》で二十七歳、と紫門のノートには書いてあるが、大町署の報告書には二十五歳とあった。山小屋での本人の記述は自己申告だ。大町署は年齢や住所を、所轄署に連絡して確認しているはずだ。冬芝という男は、なぜ実際の年齢を山小屋の宿泊カードに記入しなかったのか。彼の住所は東京・新宿区である。

紫門は自宅である松本市内のアパートに一泊すると、十二月六日の朝、ふたたび列車で東京へ向かった。

けさの松本は冷えた。北西の強い風が街路樹のナナカマドの枝に残っていた赤い実を振り落とした。昨夜の山は雪だったらしく、北アルプスの稜線が一層白く見えた。

塩野明の勤務先は住まいのすぐ近くだった。彼は妻と長女の三人暮らし。近所では彼が山好きであるのを知っていた。電機部品製造の勤務先で彼の出勤状況をきいた。その結果、塩野は五月八日に山行に出掛け、五月十一日に平常通り出勤していることが分かった。たぶん家を出発した五月八日は白馬村に宿泊し、九日に白馬山荘に着いて宿泊、十日に白馬岳に登り、その日のうちに下山し、列車か自動車で帰宅したのだろう。

もしも彼が、ウィバースと樋口を白馬山荘から尾けるなり、一足先に発って不帰ノ険を渉《わた》ったとしたら、その日は唐松岳頂上山荘か、八方尾根上の山小屋、または白馬村の宿泊施設に泊まっていたはずである。つまり十一日に勤務先へ平常通り出勤することは不可能だった。

したがって塩野は、ウィバース墜落の原因となったロープを、不帰Ⅱ峰の岩場に垂らした人間ではない。

塩野の身辺を調べた結果を、小室主任に報告して意見をきいた。

「塩野は無関係とみていいだろう」

小室はいった。

塩野は、山登りが好きというだけでほかには趣味らしいものもなさそうだ。夫婦仲も円満そうであり、どこにでもいるような目立たないサラリーマンである。縦走路の難所に一本のロープを垂らしておき、それを摑んで登山者が墜落死しても、彼にはなんの利益もなさそうだ。人の生命を奪うようないたずらを仕掛ける人間には、どこかに異常性がひそんでいるはずだ。塩野明には異常性が育つような背景が、日常生活に表われていないのだった。

紫門は快速電車に乗って新宿へ移動した。あらためて地図を見て電車を乗り換えた。冬芝秀紀の住所をさがした。

白馬山荘の宿泊カードに記入された住所は正確とはいえなかった。大町署の調べで中野区境の妙正寺川《みょうしょうじがわ》に沿ったマンションであることが分かったのだった。

冬芝は独身であり、ワンルーム・マンションに一人暮らしだ。家主の話で彼の実家が近いことを知った。

「ここから二〇〇メートルほどの荒垣《あらがき》さんというお宅です」

「荒垣さん……。なぜ姓が違うんでしょうか？」

紫門は首を傾げた。

「詳しいことは分かりません。荒垣さんにおききになったらいかがでしょうか」

マンションの家主は、冬芝の職業や勤務先を知らないといった。身元保証人は荒垣伸輝《のぶてる》となっており、荒垣家の家主らしいという。冬芝と荒垣家の関係をうすうすは知っているが、話したくないという表情だった。

冬芝はこのマンションに、学生時代の四年前から居住していることが分かった。

家主は彼が山登りをすることは知っていた。大きなザックを背負っている姿を見かけたことがあるという。

荒垣家は緩い坂に沿っていた。門構えの古い木造の家だった。生け垣の中に黒い大型犬のいるのが見えた。周りは閑静な住宅街である。

紫門は隣家のインターホンに低い声で呼びかけた。彼が救助隊員になってから、山岳地で起きた不審な遭難事故に疑問を持って調べると、それは殺人だった。殺人と判明するまでには各地でさまざまな人に会い、聞き込みを重ねる必要があった。彼は三也子の知恵を借りることもあるが、単独での調査に馴れた。聞き込みの要領も覚えた。

山岳救助隊員ということから、興味を持って会ってくれる人もいる。

隣家から六十歳ぐらいの主婦が出てきて門の横のくぐり戸を開けた。紫門が荒垣家のことをききにきたといったからか、髪の白い彼女は門の中へ招いた。

「どんなことでしょうか？」

彼女は警戒する目をした。

紫門は山岳救助隊の名刺を出した。彼女は名刺をじっと見つめた。それには「長野県豊科警察署」と所属先が印刷されてある。そこを読んでたいていの人は警戒心を解くようだ。

「どうぞお入りください。急に冬がきたような寒さですね」

彼女は玄関に紫門を招いた。

この家も古くて、床が高く、上がり口に靴脱ぎの石が置いてあった。

長野、富山県境の山で起きた遭難事故に不審な点があるので調べているが、その事故に冬芝秀紀が関係していそうな気がする。まだはっきりしたことが分からないので内偵中なのだと話した。

「そうですか。秀紀さんも山が好きで、よく登りに出掛けているのを知っています」

紫門は上がり口に腰掛けた。

彼女は座布団を二つ折りにして持ってきた。

「冬芝さんは、この先のマンションに一人住まいしていますが、荒垣さんのお宅が実家と伺いました。なぜ苗字が違うのでしょうか？」

「それは……」

彼女はいいよどんだが、「いずれお耳に入ることでしょうし、この近所の古いお宅はどちらも知っていることですから」

といって、冬芝秀紀の身の上を語ってくれた。

冬芝は北海道の生まれだった。二十年ほど前に死亡した荒垣信一郎《しんいちろう》と愛人のあいだの子供だった。

信一郎は東京に本社のある有名商社に勤務していた。たびたび北海道へ出張した。冬芝の母親がどういう職業であったかどこに住んでいたのかは知らないが、秀紀が四歳のとき、信一郎は北海道出張中、交通事故に遭って急死した。

それまで信一郎の妻の加代《かよ》は、夫に愛人がいたことも、まして子供がいたことも知らなかった。夫の事故死を知らされて駆けつけた北海道で、加代と息子の伸輝は、四歳の子供の手を引いた夫の愛人に初めて会った。

加代と伸輝は、信一郎の遺体を引き取って帰ったが、親戚や会社の関係者の体面を思ってか、葬儀には愛人と子供を参列させなかった。したがって近所の人たちは、信一郎に愛人がいたことも子供のことも知らなかったのである。

「信一郎さんが亡くなって四、五年たってからと思いますが、荒垣さんのお宅に信一郎さんに顔のよく似た男の子が同居するようになりました。加代さんがここへおいでになって、いずれ知れることでしょうからといって、どういう間柄の子供かをお話しになりました。その男の子が秀紀さんでした。北海道にいた秀紀さんのお母さんが病死されたということでした」

隣家の主婦は、当時のことを思い出してか、瞳を上に向けて話した。

秀紀は、たしか八歳だったという。荒垣家にやってくるとすぐに地元の小学校に通い始めた。

加代は秀紀を引き取ることに反対だったが、一人っ子の伸輝が、「ぼくにとっては弟なんだ」といって、北海道へ連れに行った。当時伸輝は新婚間もなかった。当然、妻を説得してのうえである。

「秀紀さんは荒垣家にずっと同居していたのですね？」

紫門はきいた。

「大学の二年生ぐらいまで同居なさっていました。加代さんは初めのうちは伸輝さんのお嫁さんに遠慮があったのでしょうが、月日がたつと、実の息子のように秀紀さんを可愛がっていました。いまも同じです。伸輝さんも優しい性格で、秀紀さんが高校生になったころから、山登りに連れて行っていました。周りの人たちは、実の兄弟でもあれまで、なんていっていたものです」

「伸輝さんにはお子さんは？」

「ありませんでした。ですから弟というよりも子供のように思っていたのではないでしょうか」

仲輝と秀紀は、たしか二十近く離れているという。

「仲輝さんは、お勤めをしている方ですか？」

紫門がきくと、主婦は表情を曇らせた。

「もう四年ぐらいになるでしょうか、仲輝さんは秀紀さんと一緒に行った外国で、亡くなられました」

「えっ、亡くなった……」

「加代さんから伺いましたが、なんでも氷河を歩いていて怪我をし、病院に運ばれたけれど、極度に疲労したのが原因だったということでした」

「氷河を……。どこの国ですか？」

「ニュージーランドです。前の年に行って、その国をすっかり気に入り、二度目に山へ登ったということです。日本の山と違って、山の周りには氷河が何本もあるそうです」

紫門は三也子と一緒に下ったタズマン氷河を思い出した。起伏の激しい氷の斜面のいたるところに仄青《ほのあお》いクレバスが口を開いていた。クレバスに落ち込む危険を避けようと山ぎわに寄ると、今度は氷壁が崩壊してくる恐怖があった。タズマン氷河では現に登山のベテランであったヴィクター・メリルが、氷塊を頭に受けて遭難している。

ニュージーランドにいる秀紀から、仲輝死亡の連絡を受け、加代と仲輝の妻は現地へ向かった。数日後、仲輝の骨を抱いて三人はやつれた姿で帰ってきたという。

「仲輝さんのお葬式の日は、冷たい雨でした。お母さんや奥さんよりも、秀紀さんの哀しむ姿はいまも忘れません。喪主の奥さんは、会葬のお礼を短く述べましたが、そのあと秀紀さんが挨拶しました。それをきいて泣かなかった人はいなかったでしょう」

「どんな挨拶だったか、覚えていらっしゃいますか?」

紫門は、瞳をうるませた主婦にきいた。

「『仲輝と血のつながりはあるとはいえ、無視されても文句のいえない存在でした。その私を引き取って育てるといったのは、仲輝だったと後になって知りました。私にとって仲輝は、兄であり、父であり、恩人でした。そういう人を、私はそばにいながら死なせてしまいました。息を引き取るまで彼は、家族のことを気にかけていました。私の手を握って、悔しいといいました。彼の悔しさは私の悔しさです』と涙声でいわれたのをよく覚えています」

主婦は顔を伏せ、目頭を押えた。

紫門はしばらく黙っていたが、仲輝がニュージーランドのどこで遭難し、どこの病院で死亡したかを知っているかときいた。

「荒垣さんや秀紀さんにおききになるわけにはいかないのですね？」

「私が調べている遭難と秀紀さんが、直接関係があるかどうかまだ分かっていない段階ですので、直接は当たりたくないんです」

主婦は思案顔をしていたが、

「伸輝さんのお葬式に、秀紀さんの叔母さんが見えていました」

といった。

「北海道からですか？」

「東京にいらっしゃるようです。冬芝順子《じゅんこ》さんとおっしゃいました。わたしの娘と同じ名前でしたので……」

秀紀の母の妹は結婚していないのか、冬芝姓だった。めったにない苗字だから住所をさがしやすそうだ。

4

紫門は小室に電話した。

「なにっ、冬芝秀紀という男の兄が、ニュージーランドで死んでいる……」

さすがの小室も驚いたようだ。「まさか、警官に銃で撃たれたんじゃないだろうな？」

「ニュージーランドのどこかは分かりませんが、冬芝と一緒に、氷河ハイキング中、怪我をしたのがもとで、現地の病院で死亡したということです」

「それは、いつのことだ？」

「四年ほど前です」

「ウィバースとメリルが警察に在職しているときのことだな」

小室は、冬芝秀紀は気になる男だといった。

紫門は、冬芝と死亡した荒垣伸輝の関係を話し、冬芝の叔母に会ってみたいが、どうだろうかと意見を求めた。

小室は数呼吸のあいだ考えていたようだが、

「当たってみたらどうだ。叔母は、なぜ自分にきくのかと思うだろうが、荒垣伸輝の事故死を客観的に判断したいといえばいい。荒垣の家族や冬芝だと、冷静に話してもらえないような気がするといったらどうだ。相手が納得しそうな作り話を考えることだよ」

「ぼくの調査が冬芝に知られるでしょうね」

「それはしかたがない。荒垣の事故は四年も前のことだ。叔母は君の調査の意図を疑わずに話してくれそうな気がする。ただ叔母が、荒垣の事故のもようを正確に知っているかどうかだな」

「叔母が現在なにをしているか分かりませんが、当たってみます」

「住所は分かったのか?」

「冬芝順子で電話帳に載っていました。住所は江東区《こうとう》です。この人に違いないと思います」

「叔母の前では、ウィバースとかメリルの名を出さないことだな。ウィバースが白馬山荘に泊まった日、冬芝秀紀も泊まっていたこともな。……ところで、冬芝の職業は?」

「ルポライターで、月刊誌や週刊誌に記事を売っているということです」

「フリーか。専門は?」

「荒垣家の隣の奥さんの話だと、公害問題から、過去の事件の掘り起こしから、ときには芸能人に会ってのインタビュー記事まで書くということです」

「山の情報誌との付き合いはないんだな?」

「それは知られていませんでした」

「五月九日に白馬山荘に泊まったが、何日に帰宅したのかの確認はむずかしいな」

「一人暮らしですからね」

小室は慎重にさぐることだといった。

冬芝順子は、住まいのマンションにいた。冬芝秀紀の身内の人かときくと、わずかに眉に変化を見せてうなずいた。

　紫門は例によって名刺を出し、さまざまな山岳遭難事故を調べているのだが、今回は、海外の山での事故のもようを、関係者などからきいている。たまたまニュージーランドの山で遭難した荒垣伸輝のことを耳に入れたので、同行者の冬芝の身内の方を訪ねてみることにしたと、出まかせをいった。直接、関係者の身内に会ったらどうかと拒否されることは覚悟のうえである。

「わたしが秀紀の叔母ということが、よくお分かりになりましたね」

　四十歳見当の彼女は、セーターの胸に手を当てた。化粧っけがなく冴えない顔色をしている。

「冬芝さんという苗字は珍しいものですから、電話帳を見て、たぶんお身内の方と思いました」

　紫門は、突然の訪問をあらためて詫びた。

「わたしでお役に立つでしょうか？」

「荒垣さんの事故について、ご存じのことを、どんなことでも結構ですから、お教えいただければと思います」

「風邪気味なので、散らかしていますが、どうぞお上がりください」

　彼女は六畳ぐらいの和室の中央へ座卓をずらしてきて、座布団を置いた。部屋にはタンスが二棹《ふたさお》並べてあった。壁の向こうにもう一間ありそうだ。

お茶を淹《い》れるといって台所に立った彼女のすきを見て、紫門は部屋を見回した。散らかしているどころか、殺風景なほど部屋は整頓されている。彼女は一人暮らしのようである。

彼女はピンク色の花柄のカップに紅茶を注いでから、緑茶の湯呑みを自分の前へ置いた。

荒垣伸輝の事故死はいつかときくと、

「正確なことをお答えしなくてはいけませんね」

といって立ち上がり、隣室から茶色の表紙の日記帳らしい物を持ってきた。彼女が動くと、かすかに甘い香りが匂った。もしかしたら水商売をしているのではないか。それで昼間住まいにいたのか。

「荒垣伸輝さんが亡くなったのは、一九九五年十二月十四日です。氷河で怪我をして、病院へ運ばれたその日の夜中ということです」

「なんという氷河で怪我をされたのでしょうか？」

「フォックス氷河ということです」

紫門は頭に地図を広げた。フォックス氷河は、クック山をへだてた北西に位置している。マウント・タズマンからタズマン海側へ流れ出る氷河である。

「荒垣さんの同行者は冬芝秀紀さんだけでしたか？」

「はい。二人だけで行ったんです」

「荒垣さんはどんな場所で怪我をされたのか、おききになっていますか？」

「氷河には氷の裂けた場所がいたるところにあるそうです。伸輝さんは、そこに落ちて、頭を打ったり足の骨を折ったんです。すぐに病院へ運べば亡くなることはなかったでしょうが、ヘリコプターが着くところまでは長い距離を歩かなくてはならなかったんです。そのために疲労し、衰弱したんですが頭の怪我が亡くなる原因だったということです」

「近くには秀紀さん以外に登山者はいなかったのでしょうか？」

「伸輝さんが怪我して何時間もたってから、べつの登山者に会い、その人たちが乗ることになっていたヘリコプターを、伸輝さんと秀紀に譲ってくれたそうです」

「ヘリを譲ってくれたのは、ニュージーランドの人でしょうか？」

「ニュージーランド人だったと秀紀はいっていました」

「荒垣さんが亡くなるまでの間に、特別な出来事が起こったといった話は、きいていらっしゃいませんか？」

「特別な出来事……。いいえ」

「荒垣さんの怪我は、過失によるものだったんでしょうね？」

「氷の裂け目に架かっていた氷を踏んだら、それが落ちたということですから、過失というか、避けることのできない事故だったと思います」

「荒垣さんは、登山経験を積んだ方だったでしょうね？」

「学生時代から日本の山に数えきれないほど登っていたようです。秀紀も高校生になると、伸輝さんについて登っていました」

「お二人は、ニュージーランドには何回も？」

「二回目でした。最初は観光旅行でしたが、そのときに現地の山を見て、次の年に氷河歩きをする計画を立てたといっていました」

紫門は間をおいてから、

「荒垣伸輝さんと冬芝秀紀さんはご兄弟ということですが、なぜご苗字が違うのでしょうか。よけいなことと思いますが、おさしつかえなかったらお教えください」

といって、順子の顔を注目した。

「兄弟なのに、姓が異なっていたら、どうしてなのかとお思いになるでしょうね」

彼女は湯呑みを両手で包むように持った。「秀紀は、わたしの姉の子供なんです」

紫門は首を傾げて見せた。

「それだけではお分かりになりませんね。……じつは」

彼女は、姉・綾子《あやこ》が荒垣伸輝の父・信一郎の愛人だったことを話した。

紫門は、荒垣家の隣の主婦から秀紀の生い立ちをきいていたが、黙って順子の話に耳を傾けた。

秀紀の母は札幌市内の小料理屋で働いていた。そこへ信一郎は出張のたびにやってきて、当時二十歳の彼女と結ばれた。綾子は妊娠した。腹が目立つ前に店をやめた。産むか堕《おろ》すかをさんざん迷ったが、信一郎を説得して産んだのだった。信一郎の家庭のことを考え、彼に子供の認知を求めなかった。

綾子は信一郎が月々送ってよこす金で、切りつめた暮らしをしていた。四歳になった秀紀を保育園にあずけて働き始めた数か月後、札幌へ出張できていた信一郎が交通事故に巻き込まれ、重傷を負った。彼女の存在を知っていた信一郎の部下から連絡を受けた綾子は、彼が収容された病院へ、秀紀を連れて駆けつけた。

信一郎はその夜、綾子に手を握られながら息を引き取った。二月のきりりと冷えた満月の夜だった。

翌日、信一郎の妻・加代と息子の伸輝が到着した。加代と伸輝は、変わり果てた信一郎と対面した。そのあと、支店の社員から綾子と秀紀のことをきいて口を開けた。伸輝が病院へ綾子母子を呼んだ。

「父は東京へ帰ります。別れをいってあげてください」伸輝はそういって、綾子と秀紀を棺《ひつぎ》の枕頭《ちんとう》に招いた。

それから約一か月後、伸輝が一人で札幌の綾子母子を訪ねてきた。交通事故の加害者からの補償金と生命保険の半額を受け取ってもらいたいといって、まとまった金額の小切手を綾子に渡した。母子が十年間は暮らしていける金額だった。

秀紀が小学校に上がる前、伸輝から黒いランドセルが届いた。綾子は、秀紀がランドセルを背負った写真を伸輝に送った。

秀紀が八歳になる年、綾子は入院した。ガンであり、半年ともたないことを順子は医師からきかされた。根室《ねむろ》の市場で働いている両親が見舞いにきたが、痩せて人相の変わってしまった綾子を見て泣き崩れた。

順子は綾子の病気を伸輝に手紙で知らせた。伸輝は、はね返るようにやってきた。東京の病院に移してもいいといったが、医師の話をきくと首を垂れた。

窓のガラスにコスモスの影が揺れる晴れた朝、綾子は、秀紀、両親、順子、伸輝に囲まれて目を瞑った。秀紀は母のショルダーバッグを袈裟《けさ》懸《が》けにしていた。それには預金通帳と印鑑が入っていた。

札幌市内の火葬場で、家族と伸輝で葬儀をした。伸輝は秀紀を引き取って育てたいと、家族を説得した。両親と順子は承諾した。骨を抱いて根室へ帰る両親に、順子がついて行くことになったが、その前に黒いランドセルを背負った秀紀は、伸輝に手を引かれて、千歳《ちとせ》空港から東京へ向かった。

「姉がなくなったときも、仲輝さんに引き取られて行くときも、秀紀は唇を固く噛んだだけで、声を出して泣きませんでした」

　順子は喉をうるおすようにお茶を一口飲んだ。

「秀紀さんは、東京の荒垣さんの家で新しい生活を始めたのでしょうが、その後、札幌へおいでになったことはありましたか？」

「わたしは、年に三、四回電話していましたから、秀紀がどこの学校へ通い始めたとか、なんという中学へ進んだのかを知っていました。たしか高校二年の夏休みでした。秀紀は一人で札幌のわたしのところへ遊びにきました。それでわたしと二人で、根室へお墓参りに行きました」

「秀紀さんは、東京での生活をお話しになったでしょうね？」

「東京へ行ったばかりのころは、札幌へ帰りたいと何度も思ったそうですが、仲輝さんもお母さんもとても親切にしてくださるといっていました。秀紀が東京へ行ったとき、仲輝さんは新婚早々でした。奥さんはよく我慢してくださったと思います。……仲輝さんは秀紀が高校へ上がるのを待っていたように、山登りに連れて行ってくれたといっていました」

　秀紀は東京の大学へ進んだ。彼の大学在学中に、根室にいた順子の両親が相次いで亡くなった。その葬儀に秀紀はやってこなかった。

順子は、東京の人との結婚が決まって上京した。が、結婚生活は三年間で破局を迎えた。彼女は、かつて姉がやっていたと同じように小料理屋で働いているという。

「秀紀さんは伸輝さんが亡くなられたとき、ショックを受けたでしょうね」

「わたしは、秀紀やお母さんが帰国してから伸輝さんのことをきいたのですが、それはもう、立ち上がれないのではないかと思うほどしょげ返っていました。学生のときでしたから、大学を中退するのではないかと、心配したものです。母親が亡くなったときは、唇を噛んで哀しみをこらえていた子なのに、伸輝さんのお葬式のときは、涙を流しっ放しでした。あの子のあんな姿を見たことはありませんでした」

「秀紀さんはその後も、山登りをしていらっしゃいますか？」

紫門はとぼけてきいた。

「いまもときどき登っているということです。伸輝さんがいなくなったので、一人で行くといっていました」

秀紀にはよく会うのかときくと、今年は正月と夏、荒垣家を訪ねた折に会ったきりだといった。

5

紫門は駅のホームのベンチに腰掛け、ノートを開いた。

四年前の十二月、荒垣伸輝と冬芝秀紀はニュージーランドへ行き、フォックス氷河を歩いた。そのさい荒垣が怪我をし、手当ての遅れがもとで死亡した。今年の五月、ニュージーランド人・ウィバースが遭難した日の前日、冬芝は白馬山荘に泊まっている。白馬山荘の従業員の記憶だと、翌朝、縦走に出発するまぎわのウィバースに、冬芝は声を掛けていた。冬芝にきかれたウィバースは、これから不帰ノ嶮を越えて唐松岳頂上山荘へ向かうと答えた。

冬芝は、ウィバースがニュージーランド人だったことを知らずに、どこからやってきたのかときいたのだろうか。ウィバースと会ったのは、偶然だったのだろうか。

冬芝は、伸輝とともに幾多の山行を経験している。かつて不帰ノ嶮を渉ったこともあったのではないか。

紫門には、冬芝がウィバースと同じ日に白馬山荘に宿泊したのは偶然ではないように思えるのだ。冬芝は四年前、フォックス氷河でウィバースに会っていたのではないか。それをウィバースは忘れてしまい、白馬山荘で声を掛けられたが、冬芝の顔を思い出せなかったのではなかろうか。

冬芝がもし、ウィバースの来日と、彼の後立山縦走を知っていて、白馬山荘に泊まったとしたら、不帰ノ嶮の遭難に関係していそうに思われる。不帰Ⅱ峰に垂らしたロープの仕掛けが冬芝の行為だったとしたら、彼の殺意は四年前に遡るのではないか。もしかすると荒垣伸輝の氷河での怪我には、ウィバースがからんでいるのではないか。

紫門の頭から坂上惇志の名は消えないが、冬芝秀紀に対する疑惑が真夏の雲のように盛り上がってきた。

小室に電話した。

四年前の十二月、荒垣と冬芝がニュージーランドで、ウィバースと接触しているような気がするのだが、これを確認する方法はないだろうかと、紫門はきいた。

「たとえ接触していたとしても、冬芝にウィバースを殺す動機が芽生えるような出来事があったことが摑めないと、不帰Ⅱ峰のロープの仕掛けが、冬芝のしわざだと決めつけるわけにはいかないな」

「ぼくはこんなふうに考えたんです。荒垣と冬芝は、二人でフォックス氷河ハイキングをしたのでなく、ウィバース氏とメリル氏と一緒だったんじゃないかと……」

「そうだったとしたら、五月十日の朝、白馬山荘で冬芝はウィバースに、『どこからきたのか』なんて質問しなかったと思うがな」

「四年前のことだから、ウィバース氏が覚えていないと思ったんじゃないでしょうか？」

「四年前でも五年前でも、一人が死亡するような怪我をしたんだ。もし四人が一緒だったとしたら、忘れるはずはない。おれは、十年前に山で怪我をしたり、病気になった人の名前も顔も覚えている」

小室は、四年前の荒垣の遭難のもようを詳しく知る方法があるかどうかを考えてみるといった。

紫門は三也子に会うことにした。二人で話し合えばなにか知恵が浮かびそうな気がした。

二人は渋谷駅のハチ公前で落ち合った。紫門らと同じように人待ち顔の若者が何十人もいた。

紫門と三也子は、行きつけの小料理屋のカウンターに並んだ。

彼は荒垣家の隣の主婦と、冬芝の叔母からきいたことを話した。五月十日の朝、白馬山荘で出発の身支度をしていたウィバースに、英語で話しかけた冬芝がニュージーランドへ二回も行っていたときいて、三也子は目を見張った。

「兄の荒垣さんが亡くなったのは、四年前だけど、その前に二人がニュージーランドへ行ったのは、いつなの？」

「その前年だそうだ」

「五年前ね。そのときに冬芝さんはウィバースさんと接触しているんじゃないかしら？」

「そうか。それには気がつかなかった」

「五年前の荒垣さんと冬芝さんは、観光旅行だったんでしょ？」

「そうらしい」

「二人は、クイーンズタウンへも行ったでしょうね？」

「クイーンズタウンで、警察官のウィバース氏に会ったのかな？」

「まさか彼に銃で撃たれそうになったんじゃないでしょうね？」

「そうたびたび、銃は使わないだろう」

紫門はビールから日本酒に切り換えた。

三也子はビールでよいという。

「ウィバース氏と冬芝たちが、接触したことはないかを確かめる方法はないだろうか？」

女将《おかみ》がカウンターに置いた銚子は熱すぎて、紫門は思わず右手を耳朶《みみたぶ》に当てた。それを見た女将は、「ご免ね」と、笑った。

「クイーンズタウン署のゲイツ氏に、お願いしてみようか」

「電話で？」

「そう。引き受けてくれるかどうかだけど」

紫門よりも三也子のほうが、英会話ははるかに達者だ。

ゲイツにきいてそれが分かるくらいなら、ウィバースが冬芝を覚えていないはずはないだろう。

「もう一つ、知りたいことがある。冬芝は、荒垣が死亡したあと、ニュージーランドへ行っていないだろうか？」

「それは彼の住所か荒垣さんの近所できいて分からないかしら？」

「行ったことが分かったとしても、何年の何月何日かということまでは記録されていないだろうな」

「冬芝さんが行っていたとしたら？」

「いま思いついたんだが、メリル氏と接触していたんじゃないかっていう気がしたんだ」

「メリルさんは、去年の十二月にタズマン氷河で亡くなっているわね」

「その日の前後に、冬芝がニュージーランドへ行っていないかを、知りたいんだ」

「警察なら調べられるわね。小室主任に話したら」

紫門は袖口をめくった。間もなく午後八時になるところだった。

彼は携帯電話を持って外に出ると豊科署に掛けた。小室はとっくに帰ったといわれた。及川もいなかった。小室の自宅の番号を知っているが、あす掛け直すことにした。

「フォックス氷河で怪我をした荒垣さんが、どこの病院へ収容されたのかも、ゲイツさんに調べてもらえば分かると思う。どんな怪我だったか、死因がなんだったかまで分からなかったら、うちの大学の先生に問い合わせてもらうことができると思うわ」

三也子が勤めている大学には医学部があり、付属病院もある。医師同士なら病名や怪我の程度など詳しくきいてもらえそうだ。

紫門は東京へ出てくると、大学で同級生だった石津《いしづ》の家に泊まることにしている。そこは中野区だ。石津は大蔵省に勤務する事務官だ。父親は大手造船会社の役員である。

翌朝、紫門が石津の母親、彰子《あきこ》の作ってくれた朝食を摂っているあいだに、「好きなことばっかりやっていられるお前が、うらやましいよ」

と石津はいって、体重九〇キロのからだを揺するようにして出勤した。

父親は「ゆっくりしていってください」といって、やはり家を出て行った。

食事を終え、朝刊を広げたところへ、小室主任から電話が入った。

「ゆうべ電話をくれたそうだが」

「調べていただきたいことがあったんです」

「どんなこと？」

「去年の十二月六日、冬芝秀紀がニュージーランドへ行っていないかを確認したいんです」

「去年の十二月……。彼がニュージーランドへ行っていたら、どういうことになるんだ？」

「ウィバース氏の同僚だったヴィクター・メリル氏が、タズマン氷河で遭難しているんです」

「そうか。君は彼の遭難にも疑問を持っているといっていたな。……渡航の事実を確認するには警察庁に依頼しなくちゃならない。すぐに刑事課へ行って話そう。ほかにはなにか？」

紫門は昨夜、三也子に会って話したことを伝え、彼女はきょう、クイーンズタウン署のマーティン・ゲイツに電話で問い合わせることを話した。

「君には、片桐君という強力なアシスタントがいたな」

小室は口元をほころばせたようだった。

彰子はお茶を淹れ替えると、紫門の正面にすわった。彼女は彼が調べていることに殊のほか興味を持っている。今度の遭難にはどんな不審があり、紫門の調査でどんなことが分かったのかをきくつもりらしかった。

紫門は、いったん広げた朝刊をたたんだ。

五章　白馬山荘の朝

1

三也子の問い合わせで、四年前の十二月十四日、荒垣伸輝がフォックス氷河で負傷し、ヘリコプターで収容された病院が判明した。フォックス・グレイシャーの町にある病院だった。

三也子はゲイツに、荒垣伸輝がフォックス氷河で遭難した日、ウィバースかメリルは荒垣と冬芝秀紀に会っていないだろうかときいた。が、ゲイツは、そこまでは不明だと答えたという。

フォックス・グレイシャーの町には病院が一か所しかないことが分かった。

三也子は、勤務している大学の医学部の教授に、荒垣の怪我の程度と死因を問い合わせてもらいたいと頼んだ。

その結果は夕方になって判明した。フォックス・グレイシャーの病院から大学医学部の教授に回答の電話があったのだ。

荒垣伸輝は、フォックス氷河ハイキング中に、クレバスに転落し、後頭部を打ち、胸骨を骨折した。現地付近にはシェルターも救助要請機関もないため、一人の同行者とヘリコプターが着陸するポイントまで歩いた。この間の疲労と衰弱が原因で、病院に収容されたときには口もきけない状態だった。応急処置をほどこし一時回復のきざしを示したが、夜中に容態が急変し、七時間後、死亡した。後頭部を打撲したことによる脳挫傷が原因。ハイキングの同行者は冬芝秀紀で、彼以外に病院へ付き添ってきた人もいなかった――

ゲイツから三也子に連絡があった。

四年前の十二月十三、十四、十五日の三日間、ウィバースとメリルは休暇を取っていた。休暇願の理由は、「フォックス氷河ハイキング」となっているという。

これを三也子は紫門の携帯電話に、興奮した口調で伝えてきた。

「四年前の十二月、荒垣さんと冬芝さんがフォックス氷河で、ウィバースさんとメリルさんに接触していなかったかという、あなたの想像が当たっているような気がするわ」

「フォックス氷河上で、日本人の二人連れと、ニュージーランド人の二人連れが出会ったんだ」

「氷河上で、どんなことが起きたのかしら?」

三也子は、とても重要なことだと思うから、電話でなくて、会って話したいといった。

ホテルのレストランのようなところでは、金銭的に苦しい。居酒屋風の店だと周囲の人声がやかましい。たまには変わった店で会いたかったが、じっくり話し合える場所といったら、昨夜も行った渋谷の小料理屋だった。その店は安いのだ。小座敷が空《あ》いていれば使わせてもらえる。

小料理屋へ紫門が先に着いた。客は二組しかいなかった。

「よかったら、奥をどうぞ」

面長《おもなが》の女将が、衝立《ついたて》の向こうを指差した。

紫門が女将からビールを注がれているところへ三也子がやってきた。

「いい色ね」

女将は三也子のネイビーブルーのジャケットをほめた。長身の三也子はなにを着ても似合うと、つねづね紫門は思っている。

三也子は女将に頬笑んで見せると、薄い座布団に長い足を横にしてすわった。

「これ、柿じゃないかしら」

小鉢のお通しを見て、三也子はいった。

「柿、シイタケ、ニンジン、キヌサヤエンドウなの」

女将がいった。柿はさいの目切りにしてあった。

「ゲイツ氏はよく調べてくれたね」

「彼は、ウィバースさんもメリルさんも、山で遭難していることに、疑問を持ち始めたのだと思う。彼は警察官ですもの。二人の遭難がもし犯罪だったら、放っておくわけにはいかないでしょ」

「ぼくたちは、クイーンズタウンで、彼に会っておいてよかった」

「こちらの熱意が通じたのね」

紫門は、豪快な氷河模様が展開するフォックス氷河を想像した。そこを二組のハイカーが歩いていた。日本人二人と、ニュージーランド人二人だ。双方は、「こんにちは」と挨拶を交わしただろうか。ニュージーランド人の二人は、「どこからきたのか」ときいたような気がする。

「四人一緒になって、氷河を登るか下るかしていたのかしら」

三也子も氷河を想像しているような顔をした。

「四人で氷河を歩いていた。……後に冬芝がウィバース氏とメリル氏を殺す原因がそのときの氷河歩きにあったとしたら、荒垣の怪我の原因を、ウィバース氏かメリル氏が起こしたんじゃないかな?」

「ウィバースさんもメリルさんも、登山のベテランよ。もしも四人で歩いていて、一人が怪我をしたら、誰かが救助要請に走るか、三人で荒垣さんを支えて、ヘリのポイントへでも運んだと思うわ」

「そうだね。……ウィバース氏とメリル氏のパーティーに、荒垣、冬芝のパーティーは出会っただけなのかな。たとえばどちらかが氷河を下っていて、どちらかは登っていた……」

「接触しただけで、後に相手を殺すほどの恨みを持つようなことが起きたかしら？」

三也子は、牛肉と山ウドのサラダを食べた。

「こうじゃないだろうか。……荒垣と冬芝は、氷河上ですれ違ったニュージーランド人の二人連れにコースを尋ねた」

「コースを見失ったというのね？」

「二人は教えられたとおりに歩いたが、山の壁に突き当たるか、幅の広いクレバスに出合って渡れなくなった。そこでコースをさがすうち、荒垣がクレバスに落ち込んだ……」

「氷河上でコースを見失うことってあるかしら？」

「ガスが出ていたら迷うと思うよ。タズマンだって幅の広いところがあったじゃないか。白馬の大雪渓でさえ、霧の日に迷う人がいる」

「そうね。タズマン氷河も、氷と雪の盛り上がりで、向こう岸が見えないところがあったわね。あなたの想像どおりで、荒垣さんと冬芝さんが、コースを見失う。荒垣さんがクレバスに落ちて負傷した。それだけでコースを教えたニュージーランド人を恨むかしら。ニュージーランド人の言葉が充分きき取れないために、教えられたとおりのコースを歩かなかったということも考えられるわ」

「二人のニュージーランド人の教え方が、不親切だったかもしれないよ」

「とにかく、冬芝さんが殺意を持つほどの出来事が、フォックス氷河上で起こったということね。でも、ニュージーランド人の二人の氏名が、どうして分かったのかしら？」

「荒垣が死亡したあと、冬芝が調べたんだと思うな」

「そうだとしたら、氷河上ですれ違ったわけじゃなさそうよ。荒垣さんは、ウィバースさんとメリルさんに殺されたも同然と冬芝さんは思い込んだから、殺意を抱くことになったんだわ」

三也子は箸を置くと一点に目を据えた。なにをいおうかをしばらく考えていたようだが、

「氷河上で四人は争いを起こしたんじゃないかしら。それでニュージーランド人の二人が、荒垣さんをクレバスに突き落とした。冬芝さんも突き落とそうとしたけど、逃げられてしまった」

「ウィバース氏とメリル氏は、荒垣さんをそのままにして現場を去ったというんだね？」

「それなら、冬芝さんは二人に殺意を抱くわ。仕返しするためにね」

二人を殺そうと思い立てば、二人のニュージーランド人の氏名や身元を必死になってさがしたことが納得できる。

荒垣が死亡した翌年一月、カメラマンの坂上和正はクイーンズタウンで、ウィバースとメリルに銃殺されている。丸腰の人間に向かって二人は、九発も撃ったのだった。このことを考えると二人は狂暴性のある人間ということになりそうだ。三也子が推測したように、二人は争った後に荒垣を、クレバスに突き落として去って行ってしまったのだろうか。

その前に、ウィバースとメリルは、日本人を見ると牙《きば》をむくような素因を内包していたのではないか。

いや、それはなさそうだ。少なくともウィバースにはである。彼はニュージーランド旅行中、バスの事故で困っていた樋口夫妻を、目的地のアカロアへ自分の車で送りとどけている。このことに感激した樋口は、彼を日本に招待した。招かれたウィバースは、常に罪の意識を胸に抱えていたらしく、暗闇で撃ってしまった坂上和正の家族を見舞い、彼の墓にも参っている。日本人に恨みを抱いていたり狂暴性のある人間であったら、日本を訪ねなかったろうし、家族に会ったりはしないように思われる。

冬芝がウィバースとメリルを恨む理由と、荒垣の死亡とは直接関係がないのかもしれない。

2

紫門の報告を受けた豊科署は、ウィバースの遭難事故を扱った大町署と協議すると、これを県警本部に諮《はか》った。ウィバースが遭難した前夜、冬芝秀紀が白馬山荘に宿泊していたからだ。翌朝冬芝は、出発の身支度をととのえているウィバースに声を掛けている。これを山小屋の従業員は記憶していた。

冬芝と異母兄の荒垣伸輝は、四年前の十二月、ニュージーランドに渡り、フォックス氷河ハイキングをしたが、その道中で荒垣がクレバスに落ちて負傷したのがもとで、収容された病院で死亡した。これが十二月十四日だった。

当時、クイーンズタウン警察署に勤務していた、エドワード・ウィバースとヴィクター・メリルは、十二月十三日から十五日まで休暇を取っている。二人でフォックス氷河ハイキングをするためだった。

後に、メリルとウィバースが、ともに山行中変死していることを考えると、フォックス氷河で冬芝らは、ウィバースらと接触し、そのさい争いなどを起こしたのがもとで荒垣がクレバスに落ちて負傷した。これを冬芝が恨み、二人に仕返ししたのではないか。メリルとウィバースの死亡は、山岳地での遭難として処理されたが、不審な点がなくはない。もしかしたら二人に恨みを抱いた冬芝の犯行ではないかと、県警本部は疑いを持つようになった。

それで県警はクイーンズタウン署に、四年前の十二月十四日、ウィバース、メリルの二人に、荒垣、冬芝が接触した事実はないか、登山経験豊富な荒垣がどんな状況下でクレバスに転落して負傷したのかを調べてもらいたいと依頼した。

これに対する回答はすぐにあって、「ウィバース、メリルが十二月十三日から三日間、フォックス氷河ハイクをするといって休暇を取ったのは事実だが、現地でなんという日本人と接触したか、ましてトラブルを起こしたかは不明。二人は温厚な性格であり、優秀な警察官だった。外国人の観光客とトラブルを起こしたなど考えられない」としてあった。

「外国人の観光者とトラブルを起こしたなど考えられないだって。嘘つけ。次の年の一月、ウィバースとメリルは、日本人を拳銃で撃ち殺しているじゃないか」

及川がいった。

「二人がフォックス氷河で、日本人ハイカーと接触した可能性があるかどうかを、クイーンズ警察は調べたのかな?」

紫門も舌打ちした。

「メリルは去年の十二月タズマン氷河で、ウィバースは今年の五月、不帰ノ嶮で死亡した。ひょっとしたら二人は、ニュージーランドの警察に消されたんじゃないのか」

及川は突飛なことをいう。

紫門が驚いた顔をすると、

「だって二人の警察官は、丸腰の日本人旅行者に向けて九発も拳銃を撃っている。これが明るみに出たら、世界中のマスコミが報道するだろう。坂上和正が警官の銃によって死亡したことは発表しただろうが、二人が九発も撃ち、うち七発が命中していたことは伏せているというじゃないか。坂上の遺族には補償をしただろうが、世論はゆるさないと思う。ウィバースとメリルがもし、マスコミに嗅ぎつけられて質問されたとき、『警官が身の危険を感じたときは発砲をゆるされている。相手の腕や足でなく、身体の中心を威嚇発砲なしで狙うよう指導されていた』なんて喋ったら、警察のメンツは丸潰れだよ。世界各国からの観光客は激減するかもしれない。リュックをかついでニュージーランド国内を回る日本人はいなくなる。観光を売りものにしている国としては大きな痛手だ」

「それで二人の元警官を消したというのか?」

「考えられることだろ?」

「どうかな。ニュージーランドにかぎって、そういうことはやらないような気がするんだが」

「バカにあっちの肩を持つじゃないか」

「あの国へ行ってみての感触なんだ。誰に会っても素朴で親切だ。殺し合いをするような国民じゃない」

及川は、荒垣の死亡とウィバース、メリルの死亡は無関係ではないかと考え始めたようである。

小室主任が、紫門と及川の話し合いに加わった。

「紫門君は、冬芝に一度会ってみたらどうだ。叔母に会っていることだし、君のことは叔母の口から冬芝に通じているんじゃないかな」

「フォックス氷河で、ウィバース氏とメリル氏に接触したかってきくんですか？」

紫門は額に手を当てた。

「叔母に会ったときと同じように、荒垣伸輝の遭難のもようを詳しく話してもらいたいというんだ。冬芝に直接会って、彼の表情を読むんだよ。君はそういうことが得意じゃないか」

小室がそういったところへ、刑事が入ってきた。紫門もよく知っている中年刑事だ。

「県警本部から連絡があってね、冬芝秀紀が去年の十二月二日、成田を発ってクライストチャーチへ向かったことが分かった」

それをきいて小室はうなずいた。

「やっぱり……」

紫門は顎を引いた。

テカポに住んでいたヴィクター・メリルは、去年の十二月六日、タズマン氷河において崩落した氷塊に当たって遭難した。その数日前に冬芝はニュージーランドへ向かっていた。

紫門はノートに、冬芝が成田空港を発った日を控えた。

刑事は、紫門が自主的にウィバースの遭難事故の真相を調べていることを知っている。小室から詳しくきいているのだった。「手に負えないことがあったら、知らせてくれ」と、彼は目顔でいって救助隊の部屋を出て行った。

「やっぱり、メリルは冬芝に殺《や》られたのか……」

及川がつぶやいた。メリルとウィバースはニュージーランドの警察当局に消されたのではないかという推測は、当たっていなかったのかといっているようだった。

帰宅した紫門は三也子に電話で、去年の十二月初め、冬芝がニュージーランドへ渡っていたことを伝えた。

「ますます怪しくなったわね」

これからどうするのかと、彼女は紫門にきいた。

「冬芝に直接会う」

「大丈夫かしら。相手は、外国人を二人も山で殺しているかもしれない人なのよ」

「慎重にやるよ。冬芝がすぐに会うかどうか分からないけど」

「わたしがついて行こうか?」

「君が危険な目に遭いそうだ。ぼく一人で会うよ」

彼は松本にまた一泊しただけで東京へ向かうことにした。

彼は、北アルプス南部で遭難事故が発生しないことを祈った。事故が起きると遭難者救助に現場へ駆けつけなくてはならない。解明に向かっていそうなウィバースとメリルの死因調査が、遠くに逃げていきそうな気がするのだった。


十二月九日、紫門は早朝に松本を発って新宿へ向かう特急に乗った。けさは小雨が降っていて寒い。山は雪に違いなかった。北アルプスにはいつの時季も登山者が入っている。吹雪にでもなると救助隊は緊張する。

遭難事故が発生しても、好天ならヘリが飛び、遭難地点を上空から確認し、救助も隊員の輸送も可能だが、吹雪だと隊員は地上から現場へ向かうことになる。到着するまでに二、三日を要する場合もある。冬場の事故では、ヘリなら救助できたものを、現場に着くのに時間がかかったため、怪我や病気の登山者を生還させられなかったケースもしばしばである。

特急列車は甲府に着いた。紫門の斜め前の座席に若い女性が三人すわった。三人とも同じようなショルダーバッグを持っていた。一人がバッグから赤い表紙のガイドブックを取り出した。紫門の目に表紙の文字が映った。三人のうきうきしているような明るい表情が納得できた。オーストラリアへ行くらしい。ガイドブックを開いた女性が、写真を指差して二人になにか話している。二、三分もすると三人は一斉に笑った。この時期は南半球の国へ旅行する人が多いのだ。

紫門は、これから訪ねるつもりの冬芝秀紀がどんな人間かを頭に描いた。ノートを開いた。冬芝の身長は一七七・八センチで中肉と書いてある。この前、彼の住所を荒垣家の隣の主婦にきいたのだ。彼を記憶していた白馬山荘の従業員は、流暢な英語を話す青年だったといっていた。二十五歳でフリーのルポライターというのだから、その途《みち》の才能に長《た》けた人なのだろう。

新宿駅の西口に出ると、ひと雨きそうな空模様だった。冬芝の住所を直接訪ねようか、電話を掛けてからにしようかと、紫門は少しのあいだ迷ったが、デパートの静かな場所にある公衆電話の前に立った。

冬芝が自宅にいなかったら、昼といわず夜といわず何度でも掛けるつもりだったが、呼出し音が三回鳴ったところで、男の声が、「はい」と応えた。

「突然電話してすみません。私は長野県の北アルプスを管轄する、山岳遭難救助隊員で、紫門と申します。冬芝秀紀さんですか？」

「冬芝ですが、山岳救助隊の方……」

「どうしてもお会いしたいものですから、出てまいりました。お忙しいでしょうが、時間をさいていただきたいのです」

冬芝は、どうしたものかと迷っているのか、少しのあいだ黙っていた。

「どんなご用か分かりませんが、人違いじゃないでしょうね？」

「いいえ」

紫門は送話器を固く握った。初めて電話を掛けるときは緊張するものだ。

冬芝は、叔母の順子から紫門のことをきいていないらしい。

「これから出掛けるつもりでしたが、短時間でしたら……」

冬芝はいった。いくぶん高い声で話す男だ。

紫門は、住まいを訪ねてよいかときいた。

「ぼくの住所を知っているんですか？」

「アドレスだけは」

冬芝はまた少し間をおいてから、西武新宿線《せいぶしんじゅくせん》の中井《なかい》駅の近くにある喫茶店を指定した。

「一時間後ということでいいですか?」

「分かりました。どうぞよろしく」

紫門は電話を切った。

冬芝の住所から中井駅は歩いて十分程度だ。彼は、いまから出掛けるつもりといいながら、一時間後を指定した。出掛けるつもりというのは口実だったらしい。

北アルプスの救助隊員が、どんな用件で会いにきたのかを考える時間が要るのではないか。

3

紫門は、冬芝と会う約束の時刻よりも早く喫茶店に着いた。その店の出入り口のドアは黒い格子をはめていた。ここに古くからある店のようだった。外の光のとどく席に一組の男女の客がいるきりで、薄暗い奥の席は空いていた。

クラシック音楽が天井から降っている。

冬芝との話が長くなることを想定して、紫門は奥の席に腰を下ろした。

四十歳見当の女性が水のグラスをテーブルに置いて、注文をきいた。カウンターの中には四十半ばに見える痩せた男が一人いた。どうやらこの店は夫婦でやっているようである。

　踏切の警報の音がかすかにきこえた。窓ぎわにいる客の男がくしゃみをした。男と向かい合っている女性が、タバコに火をつけた。

　冬芝が指定した時刻になった。カウンターで電話が鳴った。その電話は冬芝ではないかと思った。都合が悪くなって、きょうは会えないといわれるのではないか。電話には女性が出て、一分ぐらいで話を終えた。

　緑色のカップのコーヒーが運ばれてきた。女性は無言で伝票をテーブルの端に置いて去った。

「いらっしゃいませ」

　出入り口のドアが開いた。明るい色のジャケットの男が店内を見回した。丸顔の顎に髭をたくわえている。外からの光を背中に受けているからか、その男は大柄に見えた。

　紫門は椅子を立った。

　光を背負ったまま男は紫門の前へ近づいた。

「さっきの電話の方ですね？」

　冬芝秀紀はいった。

紫門は名刺を渡した。冬芝は、名刺はないといって、椅子に腰を下ろすと、紫門の名刺をじっと見、裏返して見た。裏にはなにも刷ってない。

冬芝の髪は短い。目は切れ長だ。色は白いほうである。

彼は紫門の名刺を前に置くと、紫門のカップをちらっと見てからコーヒーを頼んだ。

呼び出してすまなかったと、紫門は詫びた。

グレーのジャケットの冬芝は、紫門の正体を確かめるような目をして、ポケットからタバコとライターを摑み出した。

「冬芝さんも、山をやられますね？」

紫門は切り出した。

冬芝はタバコに火をつけながらうなずいた。紫門の呼吸をはかっているように見えた。

「私は、後立山で起きたある遭難について調べています」

冬芝は無言で、なにも入れないコーヒーを一口飲んだ。

「五月十日の昼ごろ、岩場で墜落死したニュージーランド人がいたのを、覚えていますか？」

「いいえ。新聞で見たかもしれませんが、そんなに前のことまでは……」

「エドワード・ウィバース氏といって四十六歳でした。冬芝さんは彼とお会いになっていますが」

「えっ。覚えていません。どこで会ったんでしょう？」

「五月十日の朝、白馬山荘でです」

「ぼくはたしかに、今年の五月、白馬岳に登るために白馬山荘に泊まりましたが、ニュージーランドの人に会ったことは覚えていません。山小屋にいる人のことを、いちいち覚えてはいられません。とくに白馬山荘のような大きな山小屋では……」

「白馬山荘の五月九日の宿泊者は十一人でした。その中の一人があなたです。ウィバース氏は樋口氏という日本人と二人連れで泊まりました。十日の朝、その二人が出発準備をしているところへ、流暢な英語でウィバースに話しかけた方がいました。それが冬芝さんです」

「そういえばそんなことがあったような気がします。流暢といわれると照れますが、外国人に話しかけたか、逆になにかきかれたような覚えがあります」

「あなたが話しかけたんです。ウィバース氏と樋口氏を送り出そうとしていた山小屋の従業員が、それをよく覚えています。あなたはそのとき、ウィバース氏になにを質問されましたか？」

「そんなことまでは記憶していません」

冬芝はまたコーヒーを一口飲んだ。

五月九日、白馬山荘と唐松岳頂上山荘に宿泊した全員に、こうして会っている。不帰ノ嶮で墜落死したウィバースは、クサリが設けられているにもかかわらず、そこに垂れていたと思われるロープを摑んだがために墜落した。なぜそこにロープが垂れ下がっていたのかを疑った警察は、犯罪性も考えられるとして捜査した。しかし何者が、なんの目的でロープを垂らしておいたのか分からない。そこで救助隊では、五月九日に両山小屋に泊まった人たちを当たり、ロープを垂らした人の目的がなんであったかと、意見をきいていると、紫門は話した。

冬芝は小さくうなずいた。

「冬芝さんは山行経験が豊富なようですから、不帰ノ嶮を渉ったこともあるでしょうね？」

「いいえ、あんな難所は……。ぼくは夏と秋、尾根歩きをする程度です。八方尾根から不帰ノ嶮を眺めてすくんだことがあります」

不帰ノ嶮を眺めただけですくむような者が、五月の白馬岳へ単独で登るだろうか。

「そのロープには、仕掛けがしてあったんですよ」

紫門は冬芝の目の動きに注目した。

「仕掛けといいますと？」

冬芝は眉を動かした。そこに虫でもとまったような動かし方だった。

「登山者が全体重を掛けると、上部の固定部がはずれる仕掛けです」

「どうしてそんなことができたんでしょうね？」

「分かりません」

「ロープを岩に巻きつけ、先端を、いたずらしたやつが持っていて、登ってくる人の体重が掛かったところで、手を放したんじゃないでしょうか？」

「すると、いたずらした人間は、ずっと上にいたことになります。近くにいたら、登ってくる人に姿を見られてしまいます」

「ずっと上にいたのでしょうね」

「ところが、ウィバース氏が摑んだロープの長さは一〇メートル足らずなんです。冬芝さんがおっしゃるように、ロープの先端を上部の岩に巻きつけたら、そのぶん短くなります。短くなったぶん、登ってくる人に接近します。姿を見られる可能性は高くなります」

冬芝は、「そうか」といって首をひねった。

二人はしばらく沈黙した。冬芝はコーヒーのお代わりをした。

「ほかの人たちは、なんていっていますか？」

冬芝は、紫門を見ずにきいた。

「たいていの人が、いたずらではないかといっています」

「ぼくも、いたずらだと思います」

「どんな点から、いたずらと思われますか？」

「縦走路ですから、登山者はかならずそこを通ります。ロープが吊り下がっていれば、なかにはそれを摑む人がいる。それを面白がったんじゃないでしょうか。……紫門さんは、こういう事件があったのを知っていますか」

冬芝はタバコに火をつけ、そのままライターを掌に収めた。

「東京郊外のある公園内で起きた事件です。……夜中になると、どこからともなく若者がバイクに乗って集まってくる。公園の近くに住むある男が、バイクの通り道に当たる木と木のあいだに、細い針金を一本張っておいたんです。そこを通過しようとしたバイクに乗った人間は、どうなると思いますか？」

冬芝は薄笑いを目に浮かべた。

「針金が、バイクを運転する人にひっかかるでしょうね」

「いたずらを思いついた男は、バイクに乗った人間の喉のあたりの高さに、針金を張っておいたんです」

「バイクの一台が、その針金に引っかかったんですね？」

「若い男の喉に針金が引っかかり、重傷を負いました。そういういたずらを考えだす人間は、どこにもいるものだと思います」

紫門は、初対面の冬芝に対する質問をこのあたりで切り上げようと思ったが、勝ち誇っているような薄笑いの表情を見ているうち、この男に戦いを挑みたくなった。

「五月十日は、どこへ登られましたか？」

「白馬です」

「いつもお一人で登られているんですか？」

「一緒に山をやる友人がいないものですから、このごろは一人です」

「以前はお兄さんとご一緒に山行をなさっていましたね？」

「紫門さん」

冬芝は、伏し目がちに答えていたが、目を見開いて紫門をにらんだ。

「ぼくのことを調べたんですか？」

「失礼ですが、少しばかり」

「どうしてです。救助隊員の紫門さんが、どうしてぼくのことを調べるんですか？」

「不帰ノ嶮で不審な死を遂げたウィバース氏と、あなたは何回も会っていそうだからです」

「ぼくはウィバースなんていう人を知らない。白馬山荘で声をかけたかもしれないが、それは挨拶程度だったんです。……紫門さん。あなたはぼくのことを調べたといったが、それは公務ですか、それとも個人的にですか？」

「公務です」

「山岳救助隊員というのは、遭難した登山者を救出したりするのが仕事でしょ。人の身辺を調べたりする権利はないと思いますが」

「ウィバース氏は山岳地で遭難したんです。その亡くなり方に納得がいかないものですから、過去に彼と接触したことのある人をさがしていました。そうしたら冬芝さんが挙がったんです」

「その男は山で遭難した。なにが納得できないんですか？」

「お話ししましょう。……あなたもご存じなように、不帰ノ嶮はその名のとおり身のすくむような岩場の難所です。しかしウィバース氏はニュージーランドの山において経験を積んでいました。ですから樋口氏は縦走に彼を誘ったんです。……不帰ノ嶮には安全に通過できるようにクサリやハシゴが取りつけてあります。それなのにウィバース氏は、長さ九・二メートル、太さ一〇ミリの、黄色と紺色の編みロープを摑んで登ろうとした。そのロープは引っ張ったくらいではほはずれないし切れないが、それに頼って登るうち、先端がはずれるような仕掛けになっていたんです。登山のベテランがなぜクサリを摑まず、そこに垂れていたロープに頼って登ろうとしたのかは不明ですが、とにかく彼は岩場を墜落して死亡しました。クサリ場にロープは不要です。何者かが、登山者を墜落させる目的でそれを仕掛けておいたんです。……五月十日、白馬、唐松間を縦走したのは二パーティーしかいません。一パーティーは唐松側から午前六時ごろ難所を通過しています。ウィバース氏が通過した時刻に不帰ノ嶮を渉った、いや渉ろうとしたのは、ウィバース氏と樋口氏のパーティーしかいません。不届き者は、二人のうちどちらかを墜落させるためにロープを仕掛けた。それに頼って岩を登ろうとすれば間違いなく死亡する。要するに殺人です。これが分かったので、さっきいったように警察は捜査しました。五月九日に白馬山荘と、反対側の唐松岳頂上山荘に宿泊した人の身辺を洗ったんです」

紫門は水を飲んだ。

「そうしたら、ウィバース氏に声をかけたあなたが、荒垣伸輝さんと一緒にニュージーランド旅行をしたのが分かりました」

「ニュージーランドへ行った日本人は数えきれないほど大勢いるはずです」

「あなたと荒垣さんの二回目の旅行は、氷河ハイキングが目的でした」

そこまで調べているのかというふうに冬芝は顔を斜めにして、紫門に挑戦するような目つきをした。

「あなた方の二回目のニュージーランド旅行、それは四年前の十二月でしたね。お二人はフォックス氷河をハイキングしていたが、荒垣さんがクレバスに落ちて負傷した。それがもとで、荒垣さんは収容先の病院でお亡くなりになった」

冬芝は唇を噛んだ。

「あなた方が氷河を歩いたのは十二月十四日でした。その日、クイーンズタウン署の警察官だったウィバース氏と、同僚で仲のよかったヴィクター・メリル氏の二人が、フォックス氷河をハイキングしていた。……あなたと荒垣さんは、フォックス氷河上で、ウィバース、メリル両氏に会いましたね？」

「そんな人には、いや、氷河では誰にも会っていない。誰にも会わなかったから、兄……荒垣を、怪我をしたのにヘリ・ポイントまで歩かせることになったんです。誰かと会っていたら、その人たちはぼくらに手を貸してくれたでしょう」

「私はこんな想像をしました。違っていたら訂正してください。……あなたと荒垣さんはフォックス氷河上で出会ったニュージーランド人の二人連れと、なにかのゆき違いから争いを起こしてしまった。その争いによって、荒垣さんはクレバスに落ち込んで負傷した。どうですか？」

「誰にも会っていないといっているでしょ」

冬芝は乱暴な手つきでタバコに火をつけた。

いつの間にか窓ぎわの席にいた男女の客はいなくなり、その席に男同士が向かい合っていた。

4

冬芝は怒って喫茶店を出て行くかと思ったが、カップの底に残ったコーヒーを飲んだ。

「冬芝さんは、去年の十二月にもニュージーランドへ行かれましたね？」

「あの国が好きですから」

「私も同じです。一度行ったきりですが、また行きたいと思っています。山をやる者としては、一度はマウント・クックへ登りたいものです」

「ぼくのような者にはクックは無理です。登りたいといっても、おそらくアルパインガイズでとめられるでしょうね」

「時間をかけて登れば、登頂できますよ。氷の崩落が危険ですが」

去年の十二月はどこを回ったのかと紫門はきいた。

「最初の旅行で行ったことのなかった、フィヨルドランド、ミルフォード・サウンド、それからクイーンズタウンにもう一度寄りました」

「お一人で？」

「一人です」

「私は、クック村からタズマン氷河を歩かれたのかと思いました」

「なぜですか？」

冬芝はまた顔を斜めにして紫門をにらんだ。

「荒垣伸輝さんが遭難した日、ウィバース氏とともにフォックス氷河ハイキングをしていたメリル氏が、去年の十二月六日、タズマン氷河で氷塊を頭に受けて亡くなっています」

「メリルという人の遭難とぼくとは、なんの関係もない。彼は氷塊に当たって死亡したんでしょ。なぜぼくがタズマン氷河を歩いていたと思ったなんていうんですか？」

冬芝は敵意のこもった目つきになった。

「あなたは、ウィバース氏かメリル氏に、三回接触している可能性のある人なんです。最初は四年前、フォックス氷河で、二回目は去年、タズマン氷河で、三回目は今年の五月、後立山で。……日本の山で会ったとしてもそれは偶然でしょうが、日本とは飛行機で十時間以上も離れた国の山で事故のあったとき、あなたはその国にいた。とても偶然とは思えません」

「紫門さんは、メリルという人の遭難に、ぼくが関係しているといっているようじゃないですか？」

「私は、十一月下旬に、メリル氏が遭難したタズマン氷河を歩きました。彼が歩いたコースをたどったんです。氷河の中央部にはクレバスがいくつも口を開けていましたが、飛び越えられないほどの幅の広いクレバスはありませんでした。下流に向かって右側を下りましたが、氷壁に近づくと氷が崩落してくる危険がある。そういうことを熟知しているメリル氏は、クレバスが比較的少ない氷河の右寄りでも氷壁に近づかないところを下ったはずです。それなのに氷塊にやられた。初心者にはそういうことがあっても、メリル氏にかぎって壁ぎわを歩いたりはしなかったでしょう」

「しかし現にメリルという人は、落ちてきた氷塊に当たって死亡したんでしょ？」

「彼は自然に崩落してきた氷塊にやられたのではない。何者かが、落ちていた氷塊を、彼の頭に振り下ろしたんです」

「そんなことが、紫門さんに分かるんですか？」

「分かります。山の知識のある者が現場を見れば、不審を抱くはずです。メリル氏の遭難には疑問があるとみている人がいるんです」

「誰かが、彼の遭難の瞬間を見ていたんですか？」

「メリル氏は単独ということでした」

「それなら、事故じゃないですか」

「私が考えるに、メリル氏は単独ではなかったでしょう。誰かと一緒に氷河を下っていたんです。その誰かが分かっていないだけです。……冬芝さん。あなたはウィバース氏だけでなく、メリル氏を知っていたでしょ？」

「何回も同じことをきかないでください。ぼくは二人とも知りません。今年の五月、白馬山荘でウィバースという人に会っているとしたら、外国人登山者が珍しかったので、挨拶のつもりで声をかけただけです。そんなことで疑われたら、外で人に道をきくこともできなくなります」

冬芝は袖口をめくって時計を見ると、テーブルに置いていたタバコを掴んで、ポケットに入れた。風を起こすようにして立ち上がると、

「紫門さん。こんなことをきくために、二度とぼくを呼び出さないでください」

彼は高い声でいうと背中を向けた。

紫門は冬芝の後ろ姿を見ていた。出入り口に向かって遠ざかっていくと、外からの光を受けて彼は黒い影になった。

小室主任に電話すると、冬芝秀紀に会っての感触をきかれた。

「彼は過去に三回、ニュージーランドへ行ったことは認めましたが、ウィバース氏もメリル氏も知らないの一点張りです」

「二人を知らないとはいったが、君の観測では知っていそうかね？」

「表情には見せませんでしたが、ウィバース氏とメリル氏が殺害されたのだとしたら、

冬芝には犯人になりうる条件があります」

「冬芝とは、どんな人間だった？」

「口を開けて笑ったことのないような、目に翳《かげ》のある無表情な男です。顔を斜めにしてにらみつけるところなんか、恐いというか、異常性を感じます」

紫門は、冬芝の細い目を思い出していった。

「君が確信を持って会いにきたと、冬芝は受け取っただろうな」

「そうだと思います」

「彼が二人を殺《や》っているとしたら、彼にとって当面の敵は君だ。君のスキを衝いてなにかするということを考えておかないとな。それと坂上惇志がどこからか君をにらんでいることも忘れないように」

「充分気をつけます」

「冬芝は君の追及を受けたが、確実な証拠は握られていないと感じたんだろう。彼を追いつめる証拠を摑むことだが、なにか案はあるのか？」

「これからよく考えます」

小室との電話を切ると、大学事務局にいる三也子に掛けた。彼女は接客中だといわれた。
十四、五分後、彼女から紫門の携帯電話に掛かってきた。

「いま話せる？」

「大丈夫よ。会議室から掛けているの」

紫門は、小室に伝えたと同じように冬芝秀紀の印象を話し、彼を追及できる証拠を摑みたいといった。

「いい方法がないかしら？」

「メリル氏が遭難した日か、その前日、冬芝がマウント・クックにいた事実が確認できるといいんだがね」

「冬芝さんは、メリルさんを知らないといっているのね？」

「そうなんだ。彼は、ウィバース氏とメリル氏に、四年前、フォックス氷河で接触していることは間違いない」

「マウント・クック・トラベロッジのアンダーソンさんに、冬芝さんが宿泊しているかどうかを調べてもらったらどう？」

「そうか。ぼくらがアンダーソン氏に会ったときは、冬芝という男の存在はまったく知らなかった。……彼にきいてみよう。君のほうが話が通じやすいだろうが、今度はぼくが電話してみる。ぼくの会話が、アンダーソン氏に理解してもらえなかったら、君に頼むよ」

「いつでも引き受けるわ」

紫門はコンビニで、国際電話専用のスパーワールドカードを買い、公衆電話でマウント・クックのトラベロッジへ掛けた。ディック・アンダーソンはナショナルパークのオフィスへ行っているが、三十分後には帰るといわれた。

紫門はその間に食事を摂った。ノートで確認すべきことを整理した。

「やあ、シモンさん」

アンダーソンは快活な声を出し、いまどこにいるのかときいた。紫門がまたニュージーランドへきているとでも思ったのか。

ヴィクター・メリルは、去年の十二月五日、トラベロッジに宿泊した。翌日、タズマン氷河ハイキングをするためだった。

「その日、フユシバヒデキという日本人男性が泊まっていなかったかを、調べていただきたいのです」

紫門がいうと、その人のことをなぜ調べるのかとアンダーソンはきいた。

その翌日、メリルは冬芝とタズマン氷河を下ったような気がするからだと、紫門は答えた。

「メリルさんは単独でしたが……」

アンダーソンはつぶやくようにいったが、宿泊カードを調べることを約束した。彼もメリルの遭難に疑問を抱いている一人である。登山のベテランであり氷河の地形を熟知していたからメリルは単独行を楽しむつもりだった。そういう男が崩落してきた氷塊を頭に受けて死亡した。メリルは単独でなく、同行者がいたか、氷河上で誰かと会ったのではないかと考えた紫門に、アンダーソンは理解を示したようだった。

一時間後、紫門はふたたびアンダーソンに電話を入れた。

「メリルさんが遭難した去年の十二月六日前後の宿泊カードを調べました。フユシバヒデキという宿泊者はいません。似た名前の宿泊者も見当たりません。……メリルさんが泊まった日のことを覚えていますが、彼は間違いなく単独で宿泊しました」

アンダーソンはいったが、宿泊カードを繰っているうちにあることを思い出したといった。

「十二月五日の午後、ここに着いたメリルさんは、ラウンジでお茶を飲んだあと、ハミテージへ出掛けました。ぼくと話していましたが、なにかを思い出したように電話を掛け、それから出掛けました」

「ハミテージへ……。間違いないですか?」

きくまでもなかったが、紫門は念を押した。

ハミテージに知り合いはいないかとアンダーソンにきくと、いることはいるが宿泊カードを調べる立場の従業員ではないという。

紫門は、参考になったと礼をいった。

ものごとはトントン拍子に進むものではない。たとえば秘密がどこに隠されているかが分かっても、それを確認する手段が得られない場合もある。

紫門は小室に電話で相談した。ハミテージに冬芝秀紀が宿泊したかどうかを確かめたいといった。

「去年の十二月五日、トラベロッジに泊まるメリルが、ハミテージへ電話して出掛けたのは、そこに泊まっている冬芝に会いに行ったんじゃないかと考えたんだな？」

「そのとおりです。警察なら冬芝の宿泊を調べてもらえると思います」

小室は引き受けた。回答はあすになるだろうといった。

5

紫門は三也子と会うため渋谷駅のハチ公前に立った。いつも約束の時刻どおりにやってくる彼女だったが、五分たっても、雑踏の中からその姿は現われなかった。彼と同じように人待ち顔で立っている人が何十人もいる。中には何度も時計に目を落としたり、電光表示の時計を見上げたり、苛々しながらタバコを吸っている人がいる。

ポケットで携帯電話が鳴った。三也子に違いなかった。急な用事ができて、遅れるというのだろうと思った。

「私だ」

小室だった。

「ばかににぎやかなところにいるんだな」

紫門は渋谷駅前で三也子の到着を待っているところだと、正直にいった。静かな場所へ移動したかったが、三也子のことが気になった。一〇メートルほどデパート側へ寄った。グレーのコートの三也子が小走りにやってきた。紫門はほっとして、手を挙げた。

「ニュージーランド警察は、すぐに調べてくれた」

小室は咳払いした。「冬芝秀紀の宿泊が確認できた」

「彼はやっぱり、ハミテージに……」

「去年の十二月五日、フユシバヒデキの宿泊該当があった。住所は東京・新宿区だ」

マウント・クックのトラベロッジに宿泊するヴィクター・メリルは、そこへ到着した十二月五日の夕方、ハミテージにいる冬芝を訪ねたのだろう。二人は次の日、タズマン氷河を歩く打ち合わせをしたのだろうか。それとも単独で氷河を下るメリルを、途中で待ち伏せしていたのではないか。

メリルがハミテージにいる冬芝に会いに行ったのだとしたら、その前に二人はどこかで接触していることになる。つまり二人はすでに知り合いになっていたのだ。メリルと知り合いになったのは四年前の十二月だったのか。そのとき冬芝は荒垣伸輝と一緒だった。荒垣は冬芝とフォックス氷河ハイキング中にアクシデントを起こし、それがもとで死亡した。その遭難に、クイーンズタウン署の警察官だったウィバースとメリルは関係していると紫門は推測している。フォックス氷河で双方が知り合ったのだとしたら、今年の五月十日の朝、白馬山荘で声を掛けた冬芝を見たウィバースは、フォックス氷河での出会いを思い出したはずである。

「冬芝さんとメリルさんは、荒垣さんが遭難した以後、どこかで会っているような気がするわ」

いつも行く小料理屋に落ち着くと、三也子はいった。

「会ったとしたら、その間に冬芝がニュージーランドへ行ってのうえだと思う。荒垣の遭難以降、彼がニュージーランドへ行ったのは去年の十二月だよ」

「その間に行っているかどうかは調べていないでしょ？」

「メリル氏が死亡したのが去年の十二月だったから、ひょっとしたら冬芝が行っていないかと気づいて、そのときを調べただけだ」

紫門と三也子は黙って肴《さかな》をつついた。

三也子は時計を見て、「七時か」といった。

「メリルさんの奥さんにきいてみようかって思いついたの」

「なにを？」

「ひょっとしたら彼女、冬芝さんを知っているかもしれない」

「会ったことがあるんじゃないかって、いうんだね？」

「そうなの」

三也子は女将に、国際電話を掛けたいといった。

女将はうなずいて、奥の小座敷へ電話を切り換えた。

ニュージーランドは午後十過ぎである。

ヴィクター・メリルの妻キャスリンはテカポの自宅にいた。

三也子は、去る十一月二十七日に紫門と二人で訪ねた者だといった。

キャスリンは三也子をすぐに思い出したようだった。

三也子は笑顔で話していたが、本題に入ると真顔になった。彼女は、冬芝という二十五歳の日本人に記憶があるかときいていた。五、六分話すと、夜間の電話の非礼を詫びて切った。

「去年の十二月、メリルさんが、タズマン氷河ハイキングに出掛ける二、三日前だったと思うけど、若い日本人男性が店へやってきた。その青年は、テカポの町で山好きのメリルさんのことをきいたといって訪ねてきたといったそうなの」

三也子は瞳を輝かせて、キャスリンとの会話を説明した。

　メリルがタズマン氷河ハイキングに出発したのは十二月五日である。若い日本人男性が彼を訪ねたのはその二、三日前だ。たまたま店にいたメリルはその青年を奥の部屋へ通した。キャスリンは、メリルと青年の会話をすべてきいていたわけではないが、メリルは得意げにクック山やそれを取り囲んでいる氷河の話をしていた。キャスリンが想像するに青年は、「テカポの町の人に、クック山へ登ったことのある人を知らないかときいたところ、山のことならメリルにきけといわれた」といったらしい。メリルは、山のことになると、誰に対しても目の色を変えて話す。だからそのときの日本人青年にも、自分の山行経験と、クック山周辺の事情を、夢中になって話していたのだと思うという。

　キャスリンは、訪ねてきた青年の名に記憶はないが、日本人がきたのは初めてだったからよく覚えているといった。

「その日本人青年は冬芝秀紀に違いない」

　紫門がいうと、

「わたしもそう思ったわ」

と、大きくうなずいた。

「冬芝さんが、クック山周辺の氷河をハイキングしたいといったものだから、メリルさんは案内しようといったんじゃないかしら？」

「そうだろう。メリル氏も近いうちにハイキングに出掛けようと計画を立てていたんじゃないかな。そこへ日本人青年が訪ねてきた。それでメリル氏は自分のハイキング日程を青年に話した」

「それをきいた青年は、十二月五日にハミテージに泊まると話したのね？」

「メリル氏はいわば地元の人だから、外国の観光客が滞在する高級ホテルには泊まらず、かつて泊まったことのあるトラベロッジに泊まることにした。一服してからハミテージに電話を掛けると、日本人青年は泊まっていた。青年のほうがディナーに誘ったかもしれないね」

「きっとそうよ。だからメリルさんは出掛けて行ったのね」

「高級ホテルのレストランで二人はワインでも注ぎ合いながら、おたがいに山の話をしたんじゃないかな」

「日本人青年は、次の日、メリルさんがタズマン氷河を、どの地点から下るかを正確にきくことができたわけね？」

「青年はタズマン氷河をやるといわなかった。そういえばメリル氏に、一緒に歩こうと誘われる」

「青年は、メリルさんがヘリコプターを降りるといった地点よりも、下流に当たるポイントでやはりヘリを降り、彼が下ってくるのを待ち伏せしていたんでしょうね？」

紫門は顎を引き、彼女のグラスにビールを注ぎ、あらためて乾杯した。あらたに冬芝を追及できる材料が手に入ったことを確信したのだった。

翌朝、紫門は豊科署にいる小室に電話し、昨夜三也子が、キャスリン・メリルからきいたことを話した。

「去年十二月、メリルを訪ねたという日本人青年は、冬芝だろうな。彼が十二月五日、ハミテージに泊まっていたことを考え合わせても、その青年は冬芝に間違いないだろう」

「これから冬芝に会うつもりです」

「冬芝が、メリルを自宅に訪ねていても、メリルが遭難する前日ハミテージに泊まっていても、タズマン氷河でメリルと接触したという証拠がない。君に追及されて冬芝は、ハミテージに泊まったことは認めるだろうが、十二月六日にタズマン氷河を歩いたことは否定しそうな気がするんだ」

「そうでしょうか？」

「そりゃそうだよ。十二月六日にタズマン氷河を歩いていたことが分かったら、メリルを殺った可能性がますます濃厚になる。君が追いかけているのは殺人事件なんだ。冬芝がメリル殺しの犯人に間違いないとしたら彼は、一人を殺すため、九千キロも離れた国へ渡っている。彼はそのことを、なによりも優先させたに違いない。そういう者の口を割らせるには、逃げ口がないような証拠を摑まないとな。いま君が持っている材料じゃ、刑事が追及したとしても、相手は犯行を認めないと思うな」

「どうしたらいいでしょうか？」

「去年の十二月六日に、冬芝がタズマン氷河のどこかのポイントまでヘリを使ったということが確認できれば、彼に相当のダメージを与えられるだろうな」

「それを調べていただけますか？」

小室はやってみるといった。

その回答は午後にあった。クイーンズタウン署を通じて、マウント・クックにある観光ヘリコプター会社に、昨年の十二月六日、日本人「フユシバヒデキ」の搭乗該当を調べてもらった。が、その氏名は見当たらないという。搭乗にはパスポートを提出して氏名を確認しているはずなのだ。

ただしこういうケースがあるから、その人物がヘリコプターなりセスナ機に絶対搭乗していないとはいいきれない。それは、ハミテージのツアー・デスクで団体の一員として搭乗する。そのさいはパスポートを提示せず、団体名か代表者の氏名を告げ、何機かに分乗する。偽名を用いる人はいないだろうが、故意にやろうとすれば不可能ではないという。ひとたび事故が起きた場合はきわめて厄介なことになるし、なぜ偽名を使ったかの追及を受けるだろう。

六章　氷の瞳

1

紫門は冬芝秀紀の自宅へ電話した。冬芝はフリーのルポライターだ。平日の昼間でも自宅にいることがあるだろうと思った。

留守番電話に男の声で、「ただいま出掛けていますが、午後四時には帰ります」と吹き込まれていた。冬芝本人の声らしい。紫門は名前を告げ、あとで掛け直すとメッセージを入れておいた。

紫門は午後三時五十分に、きのう冬芝と会った中井駅近くの喫茶店へ入った。四十歳見当の女性は彼を見て、きのうきた客と分かってか、にこりとした。カウンターの中の痩せた男とも目が合ったが、「いらっしゃい」といっただけだった。

彼はコーヒーを頼むとすぐに、冬芝に電話した。冬芝はまだ帰宅していないようだった。

紫門は喫茶店の名を告げ、帰ってきたら電話を欲しいと吹き込んだ。

十五分ほどすると喫茶店の電話が鳴った。瞬間的に冬芝だろうと感じた。それは当たっていて、女性が、「シモンさんですか？」ときいた。

やはり冬芝だった。紫門は会いたいのだといった。

「きのうと同じようなご用でしたら、お断わりします」

冬芝は不愛想だった。

他に用事があるかといいたかったが、

「あなたにとっては歓迎できない用事でしょうが、お目にかからなくてはなりません」

冬芝は数呼吸のあいだ、考えるように黙っていたが、一時間後に喫茶店へ行くと答え、「待っています」と紫門がいい終わらぬうちに切った。紫門の名刺には所属地を長野県豊科警察署と刷ってある。これが効いているに違いなかった。

丸顔の顎に髭をたくわえた冬芝は、一時間たたないうちに現われた。きのうと同じジャケットを着ていた。彼は左手にタバコをはさんだまま紫門のいるテーブルにやってくると、灰皿を引き寄せて、タバコをひねり潰した。紫門を敵視している胸の裡《うち》がその手つきに表われていた。注文をきいた女性のほうをまったく見ず、「コーヒー」と、彼女に対して怒っているようないい方をした。

「不愉快でしょうが、話をきいてください」

紫門がいうと、冬芝は眉を動かした。

「去年の十二月三日ごろ、あなたはテカポのヴィクター・メリル氏の自宅兼食料品店を訪問していますね？」

「また、その話ですか」

冬芝は眉を寄せた。

「メリル氏に会っていますね？」

「きのうもいったとおり、そんな人は知りません」

「あなたは、テカポの町でクック山かその周辺のことに詳しい人を知らないかときいたら、山のことならメリル氏にきけといわれたといって、メリル氏を訪ねた。彼は山のことになると、相手かまわず夢中になって話す。あなたはたぶん、クック山周辺の氷河の状態を彼にきいたのでしょう。あなたと話しているうち彼はハイキングに出掛けたくなったか、数日後に出掛けることを計画していた。つまり話しているうち、彼のハイキング日程を正確に知ることができた。それは十二月六日だった。あなたはメリル氏に、自分はハミテージに泊まっていると話しておいた。メリル氏はあなたに対して、タズマン氷河ハイキングをするつもりなら、一緒に歩こうといったかもしれない……」

一方的に話す紫門を無視するように、冬芝は左手を頬に当てて斜め上を見ていた。

「十二月五日の午後、メリル氏はマウント・クックのトラベロッジに着いた。夕方、ハミテージにいるあなたに電話を入れ、これから訪ねるといった。あなたは歓迎すると答えたことでしょう。ハミテージのレストランでも、あなたはメリル氏の山の話をきいていた。だが、タズマン氷河へ同行しようとはいわなかったでしょう。なぜかというと、同行したことが分かると、あとでメリル氏の遭難に疑いが持たれるからです」

「勝手なことを……」

冬芝は薄笑いを浮かべた。

「たぶんあなたは、体調がよくないとでもいって、ハイキングに同行をすすめるメリル氏を断わったに違いない。メリル氏は残念がったが、当初の計画どおり翌六日、単独で出発した。あなたはタズマン氷河の、メリル氏がヘリで降りたポイントよりも、下流に当たるポイントでヘリを降りた。彼が数時間かけて氷河を下ってくるのを待ち伏せするためにです。彼は氷河のいたるところに口を開けているクレバスを避け、下流に向かって右寄りを下ってきた。メリル氏以外に人影はまったくなかった。氷塊の陰に身を隠していたあなたは、メリル氏が間近にきたところで姿を現わした。……私はメリル氏を謀略に掛けたあなたには、二つの目的があったことに気づきました」

「いろんなことを想像する人なんですね」

冬芝はそういって白い目でじろりとにらんだ。

「一つは、メリル氏を葬ること。もう一つは、メリル氏からウィバース氏の日本旅行の正確な日程をきき出すことだったでしょう」

「ぼくがなぜそんなことを……」

「メリル氏とウィバース氏は、クイーンズタウン警察署で一緒に仕事をしていたというだけでなく、ともに山行を楽しむ仲でした。三年前、勤務中に起こした事件で、二人は同時に退職した。だが、その後も親交はつづいていました。だからウィバース氏が日本へ旅行することをメリル氏に伝えていたはずです。……あなたは去年の十二月、ニュージーランドへ渡って、メリル氏とウィバース氏を葬りたかった。ウィバース氏に接触しようとしたが、そのチャンスが巡ってこなかった。彼の身辺を嗅いでいるうち、近く訪日するという思いがけない情報を摑んだ。日本で殺害のチャンスをうかがうにはその日程を正確に知る必要があった。どうです。私の推測は図星でしょ？」

「あなたは起きていても夢を見ている。眠っていればタダの夢ですむが、起きているから夢に現実が重なり、妄想となる。なにをヒントにぼくをターゲットにしたか知らないが、ぼくにしたらとんでもない迷惑です。きのうあなたは、ぼくが五月に、白馬山荘でウィバースという人に声を掛けた。それを知ってぼくのことを調べたらニュージーランドへ旅行したことが分かった。だからぼくが二人のニュージーランド人を殺したと信じ込むようになった。……ぼくにつきまとっていないで、病院の神経科にでも診てもらったらどうですか」

冬芝はタバコをくわえ、ライターの火を近づけながら、上目遣いに紫門をにらんだ。目の玉が底光りしていた。

「きのうもいったように、あなたは山で死亡したメリル氏とウィバース氏に三回接触する機会があった。ニュージーランドへ行ったことのある日本人は、たしかに数えきれないほど大勢いますが、山で死亡した二人と三回も接触しているのはあなたをおいてほかにはいないでしょう。あなたには、二人を葬る動機がある」

「いつまでも夢を見つづけているといい。あなたが夢を見るのは勝手ですが、妄想の対象をぼくにしないでください。これでもけっこう忙しいんです。ぼくは」

冬芝は椅子を立った。

「冬芝さん。あなたにはこれからも何回かお会いすることになるでしょう」

「紫門さんは、ぼくがいつニュージーランドへ旅行したとか、どこに泊まったとかいっていますが、現地の誰かにそういうことを調べさせているんですか？」

彼はテーブルに置いたタバコとライターをポケットにしまった。

「私には、現地と連絡を取り合える強力な機関があるんです。そうでないと、ホテルの宿泊の確認や、ヘリコプターに搭乗したかどうかを知ることができませんからね」

「ヘリコプターに搭乗とは、どういうことですか？」

「去年の十二月六日、マウント・クックのヘリポートでヘリに乗って、タズマン氷河へ行っている。メリル氏を待ち伏せするためにね」

「ぼくはヘリになんか乗っていませんよ」

「乗っているのに、乗っていないといいきれるんですね？」

「乗っていないからです」

「乗った証拠を残していないから、そういいきれるんですね」

「ヘリでもセスナでも、搭乗するにはパスポートが必要です。乗っていないからぼくの名前は記載されていないはずです」

「あなたのその答えを、私は予想していました。……外国人が個人でヘリやセスナ機に乗るにはパスポートを提出しなくてはならないが、ハミテージのツアー・デスクで、団体の宿泊客の一人として申し込めば、パスポートの必要はありません。あなたは団体に紛れ込み、偽名を使ってヘリに乗ったんです」

紫門のこの言葉は効き目があったらしく、冬芝は瞳を動かしてから、

「ぼくは偽名なんか使わない。偽名を使ってヘリに乗る必要もない」

彼は唇を嚙むと、くるりと背中を向けた。

2

紫門は、喫茶店の壁ぎわの席に取り残された。

たったいまここを出て行った冬芝は、去年の十二月、テカポなりマウント・クックで間違いなくメリルと接触している。それだけではない。白い山にはさまれた幅広い氷河上で、アイゼンを利かせて下ってくるメリルを待っていた。緩い傾斜の平坦な氷原だが身を隠すところには困らない。氷に埋まった底の浅いクレバスがあるからだ。そこへ身を沈め、寒さだけをこらえていればよい。

紫門は、赤いザックを背負い、クレバスをよけながらピッケルを突いてたった一人で下ってくる男を想像した。初め点のように見えていた人間が次第に迫ってくるのを、クレバスからときどき顔を出して待っている男の姿も頭に描いた。

冬芝はメリルをタズマン氷河で殺っている。だがそれを目撃した人はいないし、彼が去年の十二月六日にタズマン氷河にいたという証拠もない。分かっているのは、十二月五日、ハミテージに宿泊したということだけだ。

冬芝の写真をどこかで手に入れるか、隠し撮りし、それをメリルの妻キャスリンに送り、メリルが氷河ハイキングに出発する二、三日前、自宅へ訪れたのはこの男かと尋ねる方法があると思った。写真の男が冬芝だと確認されれば、彼がメリルなど知らないといいとおしている嘘をバラすことができる。

冬芝とメリルが接触したことが分かって、それを冬芝に認めさせても、彼がメリルを殺害したという証拠にはならない。

その前に、冬芝がメリルとウィバースに、どこで接触し、なぜ二人に殺意を抱くようになったかの確証を摑むことだった。四年前、荒垣伸輝と一緒にフォックス氷河を歩いている間に、出会っているだろうというのは、紫門の推測である。二人連れの二組が氷河上で出会い、なにかが起こり、荒垣が死亡したものと思われるが、これについても目撃者がいないらしい。荒垣は、クレバスに転落したさいの怪我がもとで死亡したといわれているが、これも明白ではない。

紫門は喫茶店を出ると、コンビニを見つけてスパーワールドのテレホンカードを買った。

マウント・クックのトラベロッジへ掛け、ディック・アンダーソンを呼んだ。

紫門は、フォックス氷河で遭難した荒垣のことを話した。彼の同行者だった冬芝についても説明した。

紫門は、自分の英会話が充分通じているか自信がなかったが、アンダーソンはなんとか理解したようだった。明後日、休暇が取れたから、フォックス・グレイシャーの町へ行き、紫門が疑問に思っていることを調べるといってくれた。

「どこへ、連絡したらいいですか?」

アンダーソンはきいた。

紫門は上京するたびに泊まっている石津家の電話番号を伝えた。

調べた結果を報告できるのは、たぶん明後日の夜中になるだろうという。

豊科署の及川から予想もしない電話が入った。クイーンズタウンで二警官に銃殺された死亡した坂上和正の弟・惇志が、今年の五月八日、八方尾根にある八方池山荘に宿泊しているというのだった。

及川は、ウィバースの事件に関係していそうな人間が、白馬山荘か唐松岳頂上山荘以外の宿泊施設に泊まっていないかを調べているうち、八方池山荘の宿泊者の中に坂上惇志の名を認めたというのだ。坂上惇志は四月末でそれまで勤めていたビルメンテナンス会社を退職し、その後の勤務先が不明だった。したがってウィバースが殺された日の彼のアリバイを確かめることができないでいた。

紫門はウィバースを殺したのは冬芝に違いないとにらんでいたが、坂上惇志に対する疑惑を捨てたわけではなかった。

「八方池山荘に五月八日に泊まったとなると、二日後の犯行にからんできそうだな」

電話を受けた紫門は及川にいった。

「ただし彼には同行者がいたんだ」

それは種村《たねむら》といって、惇志と同じ三十三歳と宿泊カードに記入しているという。

「二人の登山計画は？」

紫門はきいた。

「八方尾根と唐松岳往復となっている」

「五月九日の宿泊地は？」

「それは記入していない」

「五月九日中に往復できただろうか？」

「朝早く発てば、往復して白馬村へ下り着くことは可能だろうな。登山経験と足の強さによるがな」

「坂上は、マッキンリーへ登っている。……しかし、九日は唐松岳へ登り、十日に不帰ノ嶮で、昼ごろ白馬側から縦走してくるウィバース氏と樋口氏を待ったことは考えられるな」

「九日はどこかで露営し、十日に不帰Ⅱ峰でロープを工作して、二人を待ち受けていたという推測は成り立つよ」

及川は、冬芝と同じように坂上にもそれとなく会い、感触を試してはどうかといった。小室も同じことをいっているという。

紫門は夜、電話で坂上惇志を外へ呼び出した。

坂上は四角張った顔の肩幅の広い男だった。

紫門は、冬芝に初めて会ったときと同じように、ウィバースの不帰ノ嶮の遭難を話し、最難所に吊り下げられていたと思われるロープのこともいった。登山者のいたずらという説もあるが、あなたはどう思うかと意見を求めた。

「それをなぜぼくにきくんですか？」

坂上は目を光らせた。

ウィバースが死亡した日の前後に、後立山を登っていた人たちに当たっているのだというと、坂上はあらためて紫門の名刺を見ながら、

「ぼくがエドワード・ウィバース氏の名を知っているとみたから、会いにきたんでしょ？」

と、疑いぶかい表情をした。

紫門は否定した。

坂上は険しい目をして、

「ぼくの兄が四年前の一月、ニュージーランドで警官に銃で撃たれて死んだことを知って会いにきたんでしょ。兄を撃った一人がウィバース氏だった。だから、ぼくが彼

を恨んでいるとみて、どんなことをいうかを試しにきたんでしょ。妙な細工をしないで、はっきりいってください。紫門さんが、守谷広明さんの事務所へ行ったり、兄の友人だった高井さんにお会いになっているのを、ぼくは知っています」

紫門はこれ以上口実を使っていることができなくなった。ウィバースの後立山山行日程を知ることのできた人だから、あるいは彼の不審な遭難に関係しているのではという疑惑を抱いたと、白状した。

「疑いを持ったんなら、とことん調べたらいいでしょ。ぼくが、その遭難に無関係だと答えたところで、紫門さんは納得しないでしょうから」

坂上惇志は不機嫌である。それに冬芝と違って威圧感があった。紫門は追いかえされるように彼と別れた。

翌日、五月八日に八方池山荘に坂上惇志と一緒に泊まった種村に会った。彼は紫門が昨夜、坂上を訪ねたことを知らないようだった。種村は、坂上と対照的におとなしそうな男である。

種村は、坂上との山行経路を話してくれた。

二人は五月八日、八方池山荘に泊まり、九日は唐松岳へ向かった。残雪の具合と二人の体調によっては、八方尾根往復にとどめるつもりだったが、思ったよりも雪の状態はよかったし、二人とも体調は万全だった。そこで唐松を越え、祖母谷《ばばだに》へ下ることにした。九日は餓鬼《がき》山近くで幕営した。十日は名剣温泉《めいけんおんせん》に泊まり、富山へ抜けたという。

種村の話を及川に伝えた。及川はすぐに名剣温泉に坂上と種村の宿泊を確認した。二人の宿泊該当があった。十日は何時ごろ到着したかときいたところ、午後三時ごろだったという。

坂上と種村が十日の正午ごろ、不帰Ⅱ峰でウィバースを墜落させたとしたら、午後三時ごろ名剣温泉に着くことは到底不可能である。九日のうちにロープを岩場に吊っておいたとしたら、十日の午前六時ごろそこを通過した二人連れが見ているはずだ。だが、坂上と種村の山行は気になると紫門はいった。なぜなら坂上は、ウィバースが十日に白馬から唐松へ縦走するのを知ることのできた数少ない人間の一人である。まるで二人は、ウィバースの山行に合わせて八方尾根を登っていたようにも受け取れるのだ。

種村の記憶だと、八方尾根へ出発する一週間ぐらい前に坂上と話し合って日程を決めたという。それが事実なら、ウィバースの山行日程を知る前に計画を立てていたことになる。

紫門は釈然としなかったが、坂上惇志を追及する材料を見つけることはできそうもなかった。

アンダーソンからの電話は、十二月十二日の午後十一時五十分にあった。紫門は石津家で本を読んでいた。ときどき時計に目をやり、ニュージーランドの時刻とマウント・クックの濃い藍色の夜空を思い出していた。

「いろいろなことが分かりましたよ」

アンダーソンがそういったところで、紫門はこちらから掛け直すといった。

アンダーソンの調査結果はこうである。

――荒垣伸輝と冬芝秀紀の二人は、四年前の十二月十三日朝、フォックス・グレイシャーの町から氷河ハイキングにヘリコプターで出掛けた。氷河に近いハットに一泊して帰ってくる行程だった。町のアルパインガイズに申し込み、ガイドつきで出発する人が多いが、二人は登山経験を積んでいるし、装備も万全ということで、地図を手に二人だけで出発した。

ヘリは氷河中央部に着陸する。第一日目、二人は氷河を抜けてチャンスロードームに登頂した。山頂からはクック山とタズマン山が間近に迫り、サザンアルプスの峻険雄大な主稜線が望めるし、タズマン海を眺めることもできる。

二人が登った十三日の天候は晴れだった。したがって山頂からの眺望を満喫できたはずである。

荒垣と冬芝は山を下り、計画どおり氷河に近いハットに入って一泊した。

翌十四日は曇りで七メートルぐらいの風があった。ヘリ・ポイントまで氷河を下るのだが、それは平坦な白の世界ではない。表面はクレバスと氷塔《セラック》の連続である。氷河は上層部の圧力と重力によって緩やかに移動している。傾斜の強いところや氷河の流れが変化するところではクレバスが生じ、セラックが出現する。アイス・フォールと呼ばれるクレバスが縦横に走るきわめて変化の激しい地帯も現われる。したがってフォックス氷河ハイクにはガイドが必要なのだ。

このような地帯を下るうち、荒垣がクレバスに落ちて怪我を負ったのだと思われる。

冬芝がフォックス・グレイシャーの病院で話したところによると、午後一時にはヘリ・ポイントに着いて、ヘリで下山する計画だったが、着いたのは四時半過ぎだった。それも三人パーティーに助けられてである。

三人パーティーは、やはり氷河を下っていた。ヘリ・ポイントが見え始めたところで怪我人を抱えた二人連れに出会った。荒垣と冬芝である。その三人は帰りのヘリを予約していた。ヘリは五分前に着いて彼らの到着を待っていた。

パーティーのメンバーは全員ニュージーランド人である。彼らは荒垣と冬芝にヘリを譲った。怪我人を早く病院へ収容するようにということだった。

パイロット以外には三人しか乗れないヘリは、荒垣と冬芝を乗せ、フォックス・グレイシャーの病院へ運んだ。このとき、怪我人はかなり衰弱しているようだった。結果、荒垣は病院で死亡したのだ。

彼を病院へ運んだヘリのパイロットは、三人が氷河上に残っているから代わりのヘリを出すようにと、ヘリポートに連絡した。

アンダーソンは、荒垣と冬芝を病院へ運んだヘリのパイロットに会って、当時のことを思い出してもらった。

荒垣を病院へ運んだ次の日か翌々日、冬芝が一人でヘリポートを訪れ、パイロットに会った。彼は前日の礼をいい、荒垣が死亡したことを涙を流して話した。

そのあと冬芝は、自分たちが三人パーティーに助けられてヘリポートに着く前、二人連れがヘリポートへ下り着き、やってきたヘリに乗って行ったが、その二人の氏名と住所を知りたいといった。

パイロットは、その二人も怪我人に手を貸したのだろうと思い、事務員に搭乗者名を教えてやるようにと便宜を図った。その二人連れを乗せたのはべつのパイロットだった。

冬芝の要請に応じたパイロットは、搭乗者名を見て冬芝たちより一便早くフォックス・グレイシャーに着いた二人連れの一人を知っているといった。その人はクイーンズタウン署の警察官で、エドワード・ウィバースだった。もう一人の名は忘れたが、住所はウィバースと同じクイーンズタウンだった――

「ウィバース氏と一緒にヘリに乗ったのは、たぶんメリル氏だったでしょうね」

紫門はアンダーソンにいった。

「ぼくもそう思っています」

「冬芝が、二人連れの名前と住所を知る必要があったのは、氷河で手を貸してくれたので礼をいいたかったのではないでしょう。もしかしたら、荒垣の怪我の原因をつくった二人なので、後日のために知っておきたかったのではないかという気がします」

「その後のウィバースさんとメリルさんの遭難を考えると、報復のために二人のことを調べたようにも受け取れますね」

「やはり冬芝は四年前、ウィバース氏とメリル氏に出会っていたんです」

「ぼくの調査がお役に立てたようですね？」

「ありがとうございました。これで冬芝の嘘の一角が崩れました」

「ぼくでやれることがあったら、また連絡してください。ウィバースさんとメリルさんが、殺されたのだとしたら、二人の無念を晴らすためにもぼくはお手伝いしたいと思っています」

紫門は受話器を握って、アンダーソンに頭を下げた。最後に、今夜のマウント・クックの空はどんなかときいた。

月は見えないが、星が降るように輝いていて、夏とは思えないぐらい冷えているという。

電話を切ると紫門は、アンダーソンの話をノートに書いた。四年前の十二月十四日の午後、荒垣はクレバスとセラックだらけの氷河で頭を打ち、胸骨を折った。過って転倒したのかもしれないし、そのときは名を知らない二人のニュージーランド人と争いでも起こして怪我をしたことも考えられる。とにかく荒垣と冬芝は、氷河上に取り残されたのだ。

ウィバースとメリルは、怪我人を置いて下り、たぶん予約しておいたヘリに乗って行ってしまったのだろう。

荒れ放題に荒れた氷河のただ中でじっとしていたら間違いなく凍死してしまう。それで冬芝は、荒垣を抱えるようにして下って行ったに違いない。怪我をした荒垣にはこの無理が祟《たた》った。二人のあとから下ってきた三人パーティーが、怪我人を見て、自分たちが乗るべきヘリを譲ってはくれたが、すでに荒垣の容態は手遅れとなっていたのだろう。

冬芝のウィバースとメリルを殺す動機が、これで明白になった。彼はフォックス・グレイシャーの病院で、怪我人を置いてきぼりにした二人のニュージーランド人のことを、一言も話さなかったようだ。彼は荒垣が息を引き取ったとき、二人に対する復讐を計画したように思われる。できることなら、二人のいるところへ飛んで行き、その場で殴り倒して殺したかったのではなかろうか。

凶行による復讐には、冬芝の生い立ちが深くかかわっているような気がする。幼くして親を亡くした彼は、荒垣に育てられたようなものだからだ。

紫門はすぐにも電話で三也子に、アンダーソンの調査結果を伝えたかったが、時計を見て取りやめた。あす勤めのある彼女の身を考えたのだった。

風が出てきてか、窓が鳴り始めた。救急車のサイレンが近づいてきてとまった。

3

風呂から上がって、もう一度ノートのメモを読んでいるうち、あらたな疑問が頭をもたげてきた。

ウィバースとメリルは、原因はなんであれ、瀕死の重傷を負った荒垣と、たった一人の同行者の冬芝を氷河に置いて下ったとは考えられない。冬芝一人では怪我人を背負っては下れなかったはずである。平坦地ならともかく、クレバスとセラックだらけの氷の世界である。ウィバースとメリルが、荒垣の怪我の程度を知りながら、二人を氷河に置いてきぼりにしたのだとしたら、それは未必《みひつ》の故意《こい》にひとしい。それでも二人を置いて行ったのだとしたら、両者のあいだにはなにがあったのか。

冬芝が、ウィバースとメリルに殺意を抱いたことを考えると、二人は荒垣が死亡してもそれはしかたのないこととして、見殺しにしたのだろうか。

両者のあいだに起こった出来事の真相は、冬芝のみが知っているのか。

次の朝、出勤前の三也子から電話があった。彼女もアンダーソンの報告に期待していたのだった。

「荒垣さんと冬芝さんが、四年前に、フォックス氷河で、ウィバースさんとメリルさんに出会ったことは間違いなさそうだけど、のちに冬芝さんが二人を殺す原因が、その日の出来事にあったという証拠にはならないような気がするけど……」

「そこなんだ。フォックス氷河で両者が出会い、なにかが起こった。だから荒垣が死亡したあと、冬芝はウィバース氏とメリル氏のことを、フォックス・グレイシャーのヘリポートで尋ねている。冬芝の、二人のニュージーランド人を知らないという話は嘘だと分かったけど、彼の二人に対する殺意については確証がない」

「どんなに小さなことでもいいから、冬芝さんの犯行の証拠を摑みたいわね」

彼女は、自分も証拠を摑む方法を考えてみるが、もう一押しという気がするので、頑張ってね、と紫門を激励した。

紫門は小室に電話した。

「アンダーソンという人は、君の頼みをきいてよく調べてくれたな」

「彼は山が好きで、トラベロッジで働いている男です。ぼくも山好きで山岳救助隊員になりました。現地で話をしているうち、気持ちが通じ合ったんです」

「君と片桐君のニュージーランド旅行が奏功したことになる。……冬芝のニュージーランドでの行動についてはもうこれ以上は摑めないような気がするが、どうだろう?」

「ぼくもそう思っています」

「ウィバースは、日本の山で死んだ。君が確信しているとおり、彼の死亡は過失による山岳遭難ではないだろう。殺人なら、それにはかならず犯人の残した痕跡があるはずだ。これをなんとかしてさがし出そうじゃないか」

けさ、三也子からもいわれたことである。「それからもうひとつ肝心なことは、冬芝が人を殺すような人間であるかということだ。どんなに人を恨み、憎しみを持ちつづけていても、殺人という行為にまでは走らない人間は、日本中に大勢いると思う。その反対に、ささいなことで執念ぶかく特定な人を恨み、それが昂《こう》じて殺害という行為で持ちつづけた恨みを解決させようとする人間がいる。冬芝の身辺をあらためて入念に洗い、彼の人間性をよく知る人をさがし出すことだ。そうしないと、君は彼の状況証拠を推測によって集めただけに終わってしまう。ここまでやったんだ。アンダーソンや、警察官ゲイツの労に報いるためにも、もう一押ししてみることだ」

小室との電話を切ると、紫門はまたもノートのメモを読んだ。犯罪にはかならず犯人の痕跡があると小室はいった。犯行現場に残された痕跡が、犯人のものであると断定されなくてはならないということなのだ。

ウィバースは不帰ノ嶮で変死した。その現場に残されていた物といえば一本のロープである。それは太さ一〇ミリ、長さ九・二メートルの黄色と紺色の編みロープだった。

紫門はそれを撮った写真を持っている。このロープを冬芝が持っていたことが分かれば、ウィバースを墜落させて殺すために冬芝が、不帰ノ嶮Ⅱ峰北峰の登りに仕掛けたのが確実ということになる。

ウィバースが死亡したのは今年の五月十日の午後零時ごろだ。その日の朝、白馬山荘を出発する直前の彼に、流暢な英語で話しかけた男がいた。白馬山荘の従業員の記憶でその男が冬芝秀紀だったということが分かった。これについては冬芝本人も認めている。だが冬芝は紫門の質問に、「外国人登山者を見かけたので、どこからきたのかときいてみただけだ」と答え、ウィバースなどという男は知らないといい張っている。

ロープが冬芝の物だったとしたら、彼は白馬山荘を出て、ウィバースと樋口の二人の先を進み、不帰ノ嶮で二人の到着を待ち伏せしていたことになる。登山者がかならず通るクサリ場の最難所に、隠し持っていたロープを垂らしておいたのだ。ウィバースが先にクサリ場を登るとはかぎらない。案内役の樋口が先にクサリに手をかける公算のほうが高かろう。そこにロープが垂れていたら、樋口もそれを摑んだかもしれない。それとも岩場に固定されているクサリやアングル以外の物は信頼できず、ロープを無視して手を触れなかったか、つづいて登るウィバースには、ロープを頼ってはならないと注意を与えたろうか。

しかし、実際にはウィバースが先に現場に着き、ロープを摑んだ。そのために彼は、ロープを摑んだまま、あっという間に墜落したものに違いない。

ここが紫門には分からない。ウィバースだけを墜落させることができたのだろうか。ウィバースが樋口よりもあとに現場に着いても、犯人はロープでウィバースだけを墜落させることができたのだろうか。それとも、樋口が登りきるまではロープが切れないようになっていて、ウィバースが握って体重をかけたら、固定してあった先端がはずれるか切れるような仕掛けがしてあったのだろうか。

いずれにしろウィバースは犯人の計画にはまって墜落し、即死した。彼を殺したのは冬芝のほかにはいないのではないか。

黄色と紺色の編みロープに、どんな細工か仕掛けをしたかは、あとで分かるだろう。いまはこのロープを冬芝が持っていたことの証拠を摑むことだ。

紫門はロープの写真を見ているうち、感触の実感のなさを知り、きょう二度目の電話を小室に掛けた。

「分かった。大町署に連絡してロープの現物を君宛に送らせよう。大事な証拠物件だ。絶対に紛失しないように」

小室は念を押した。

ロープの現物はあす、紫門が泊まっている石津家に届く。


紫門は、冬芝の友人をさがし出すため彼の出身大学で、彼を指導したゼミナールの教授と会った。教授は冬芝を記憶していたし、夏の合宿のとき、生い立ちをきいたことがあるといった。その合宿に冬芝と一緒に参加したことがあるし、仲がよかったと思われる二人の同級生の名を挙げてくれた。

教授はその二人と卒業後も会っているし、住所も勤務先も知っているといって、アドレスノートを見て住所を読んだ。

紫門は、教授と別れるとその足で二人に会いに行った。そのうちの一人は、冬芝とは卒業後一回しか会っていないし、彼が現在なにを職業にしているのかも知らないといった。

冬芝の現況に通じていたのは河原《かわはら》という医療機器メーカーに勤める男だった。

「冬芝とは、大学を出てから四、五回、山へ一緒に登っています」

河原は文京区《ぶんきょう》にある勤務先でそういった。

紫門は冬芝の友人に巡り合えた幸運に、肚《はら》の中で膝を打った。冬芝の身辺を調べることになった経緯を順を追って話した。冬芝の人間性を知りたくて、彼に通じている人をさがしていたのだとも話した。

「ぼくが冬芝のすべてを知っているとは思っていません。現に彼がニュージーランドに、去年の十二月行っているのは知りませんでした。彼が実の親のように慕っていた荒垣さんを、ニュージーランドで失ってからは、あの国の名をきいたり目にしただけで、気分が悪くなるなんていったことがありましたから。……ぼくにはなんでも話すやつと思っていましたので、いま紫門さんから、去年ニュージーランドへ単独で行ったときいて、意外な気がしました」

「特別な目的を持って行ったからではないでしょうか」

「紫門さんの推測が当たっているとしたら、ぼくは冬芝の本質を知らなかったということになります」

「冬芝さんは、私のいうようなことをしそうな人ですか?」

「とんでもない。そんなことをする男だと分かっていたら、ぼくはとっくに彼とは絶交しています」

そういってから河原は白い天井に顔を向けた。しばらく腕組みしていたが、

「荒垣さんが亡くなってから、ぼくのマンションへよくくるようになりました。根は寂しがり屋ですから、夜になると誰かと話していたくなるようでした。……夏のある夜のことです」

河原は首を傾げて思い出話をした。

河原の住まいは江東区のマンションの六階だという。金曜の夜になると、決まってバイクを連ねた若者たちが何回となく真下の道路を轟音をたてて通過する。その道路をまるでレース場に見立てているように、十回も十五回も通るのだ。その音を冬芝は何回となくきいていた。彼は、警察へ通報したらどうかといったこともある。蒸し暑いある夜、二人でビールを飲んでいた。と、例のバイクが通過し始めた。轟音はすぐにやむが、またやってくる。女の子を後ろに乗せて走っている若者もいて、女の上げる高い声もした。バイクの列が三、四周してきたころだった。冬芝は突然ビールびんを摑んで立ち上がると、ベランダからそれを眼下の道路へ放り投げた。河原は、「なにをするんだ」といって目をむいた。道路でガラスが破裂する音がした。さいわい、バイクを走らす若者には当たらなかったらしいが、人声がベランダに昇ってきた。ビールびんを道路に放り投げた者がいるといって、人が寄ってきて、マンションを仰いでいるらしかった。

河原はベランダへ出られなくなった。怪我人がいるのではないかとも思った。いまに警官が部屋のドアをノックしそうな気がし、彼は出してあったビールびんとグラスを片づけた。

冬芝は、五、六分のあいだタバコを吸っていたが、無言で立ち上がると、それまで河原に見せたことのない冷えきった目を向けて帰った。

「そのことがあってから冬芝は、ぼくの部屋へは一度もきていません。ビールびんの一件を彼は忘れていないはずです」

「道路で怪我をした人はいなかったんですか?」

「いなかったようです。あとで大家にききましたが、警察がききにきたそうです。ビールびんを投げたのは、マンションの住人ではないかといって」

「バイクに乗っていた人に当たったら、大変なことになっていましたね」

その夜以来、バイクの轟音はぴたりとやんだという。

河原の話をきいて紫門は、この前の冬芝の話を思い出した。夜間公園にバイクで集まる若者がいた。公園の近くに住む男が、バイクの通路に細い針金を一本張っておいたという話である。針金を張っておいたのは、あるいは冬芝ではないかという気がし、紫門は鳥肌が立った。

4

河原は、冬芝と交際していた一人の女性を知っていた。理津子《りつこ》といって、去年の十一月ごろまでの約半年、冬芝のマンションに同居していたという。

「彼女は原宿の洋品店に勤めていたということですが、どういう素姓の人かはよく知りません。面長で、目が大きく、鼻が高くて、日本人ばなれした容貌です。ぼくは、冬芝と彼女と三人で何回か食事しました。冬芝と彼女が別れたのを知らなかったんですが、今年の三月ごろでしたが、御茶ノ水《おちゃのみず》駅の前でばったり会ったんです。ぼくが、『しばらく冬芝に会っていないけど、元気ですか』とききました。すると彼女は、去年の十一月に別れたと寂しそうにいいました。そのとき彼女は六本木《ろっぽんぎ》のクラブにいるといって、名刺をくれました」

「クラブに……。河原さんは、その店へは？」

「行ったことありません。友だちの彼女だった人のいる店へ、行く気にはなれません」

理津子という人の名刺をいまも持っているかときくと、あると思うと河原はいって応接室を出て行った。五、六分して彼は、普通のサイズより少し小さな名刺を持ってもどった。

その名刺には「理津子」とだけ横に刷ってあり、その下に店の名と所在地が入っていた。

午後七時を待って、理津子の名刺にあった電話番号へ掛けた。

「お待たせしました。理津子です」

やや低い声がそういった。

紫門は名乗って、冬芝のことをきくために会いたいといった。

思いがけない申し込みに、彼女は胸を押えているようだったが、店が終わってからか、あしたの午後なら会えるがと答えた。

今夜だと、彼女には酒が入っていそうな気がしたが、むしろそのほうが、心の中にあることをさらけ出しそうだと思い直し、何時にどこで待てばよいかをきいた。

「紫門さんとおっしゃいましたね？」

彼女は声をひそめた。

「はい」

「今夜はどちらへお泊まりですか？」

「中野の友人の家です」

「お友だちの……。中野でしたら、わたし帰り道の途中です。喫茶店でよろしいでしょうか？」

彼女は、中野駅前に深夜も営業している店がある、そこへ零時四十分ごろには着けるといった。

「お疲れのところをすみません。では、のちほど」

といって彼は電話を切ってから、彼女の言葉を反芻《はんすう》した。低いが耳の底に沈んで残る声だった。どうやら彼女は、紫門が都内のホテルに泊まっているものと思っていたらしい。そういう場所のほうが話しやすいと考えたのではなかろうか。彼は、かすかな香水と、酒とタバコの煙の匂いのしみ込んだコートを着て現われる女性を想像した。

中野駅前の喫茶店へ、理津子は約束どおりの時刻にやってきた。

彼女の身長は一六五センチぐらいはありそうだった。細いからだを黒に近いグレーのコートで包んでいた。

「コートを着たままで失礼します」

彼女は襟に手を当てて断わった。

河原がいっていたとおり、彼女は色白で、目が大きく鼻が高かった。やや薄めの唇にはオレンジ系の口紅が塗られていた。河原は彼女を、冬芝と同じ歳だといっていた。

「あなたのことは、河原さんから伺いました」

彼女がきくだろうと思ったから、紫門は先にいった。

彼女は彼の名刺を摘《つま》んで見ながら、小さくうなずいた。河原からきいたのだろうと予想をつけていたようだ。

彼女は焦げ茶色のバッグからタバコを出すと、紫門の顔をちらりと窺った。吸ってよいかと目できいていた。

「なぜ、わたしに、冬芝さんのことを？」

彼女は、赤いライターでタバコに火をつけた。

「冬芝さんのことを伺うには、あなたをおいてないと思いました」

紫門は、なぜ冬芝の身辺を調べているかを掻い摘んで説明した。二人の元ニュージーランド人警官殺害に関係しているとはいわず、北アルプスで起こった遭難事故に冬芝がかかわっていそうだといった。

彼女は、冬芝が去年の十二月、ニュージーランドへ行ったことは知らなかった。

「十二月にニュージーランドへ行くために、わたしと別れたのでしょうか？」

理津子は、自分の指でくゆる煙を見る目をした。

彼女の話によると冬芝は、去年の十一月のある夜、独りになりたいから、出て行ってくれと彼女にいった。彼女はことさら驚きはしなかった。いずれこういう日がくるのを予想していたからだし、むしろ彼が別れ話を持ち出すのを待ってさえいたのだった。

「その前に、二人のあいだになにかあったんですね？」

紫門は、彼女の黒い瞳を見てきいた。

「彼と別れる一か月ぐらい前でした。わたしが不用意に口にした一言が、別れの原因をつくったような気がします」

――彼女は冬芝と一緒に住んでいる部屋で、いつものように寝る前の酒を飲んでいた。この時間が彼女は好きだった。

冬芝は夕刊に載っている写真を見ながら、「秋の北海道を見に行きたいな」とつぶやいた。

「わたし、行ったことあるわ」

彼女は深く考えずにいった。

「誰と？」

彼は白い目になった。彼女は、胸の中でしまったと後悔した。

「友だちと一緒よ」

「男か？」

「女よ。高校のとき仲のよかった子とよ」

彼はそれ以上をきかなかったが、ベッドに入ってから彼は彼女の乳房に手をおかなかった。

何日かして外出から帰った彼は、いきなり、「木島《きじま》という男とは、どういう関係だったんだ?」ときいた。

彼女は虚《きょ》を衝《つ》かれ眉を動かした。木島とは、冬芝を知る前に付き合っていた妻子のある男だった。秋の北海道へは木島に案内されたのだった。十一月のことだったが、ホテルの窓から初雪の降るのを眺めた。期せずして二つの季節をみることができたのだった。

「高校のときの友だちのお兄さんなの」

理津子は出まかせをいった。

「その男に抱かれていたんだな」

いつになく冬芝の言葉は口汚なかった。

「そんなんじゃないわ。ヘンに勘繰らないで」

彼女の目はしぜんに下を向いた。

そのことがあって二週間ほど後だった。女友だちと会って食事しているとき、友だちの口から木島の話が出、「理津子、知ってる?」ときかれた。

「なんのこと?」

理津子はきき返した。

「ついこのあいだのことなんだけど、木島さんね、夜遅く家へ帰る途中に、男の人に襲われて大怪我をして、入院しているのよ」

「大怪我……」

「バットみたいな棒で肩や背中を叩かれて、道に倒れたらしいの。通行人が見つけて、救急車で病院へ運ばれたというの。理津子にフラれてからあの人、いいことないみたい」

理津子は、木島が暴漢に襲われた日を正確にきいた。友だちは、木島の災難は都内の一部の新聞にも載ったといった。

次の日、理津子は図書館で新聞を閲覧した。木島が暗がりで何者かに背後から襲われ、重傷を負ったという記事を見つけた。その夜を彼女は思い出した。冬芝は午前二時ごろ、珍しく酒に酔って帰宅した。ジャケットとズボンに小さな血痕が数か所についていた。彼女がそれをいうと、週刊誌の記者と飲んでいるうち喧嘩になり、殴り合いをしてしまったといった。彼の掌《てのひら》には小さな傷痕があった。

理津子は図書館のテーブルに顔を伏せた。身震いがとまらなくなった。冬芝との別れが迫ったのを知った――

「木島さんを襲ったのは、冬芝さんに間違いないと思ったんですね？」

紫門は、二本目のタバコを指にはさんだ理津子にきいた。

「彼しか考えられません」

「冬芝さんは、そういうことをやりそうな人ですか？」

「異常なくらいヤキモチ焼きです。彼にだって、わたしと知り合う前に好きになったり、関係のあった女性はいたと思いますが、わたしの過去に男性の影がちらつくのを極端に嫌います。わたしが勤めていたブティックの経営者は女性ですが、『男が出入りするのか』なんて彼にきかれたこともありました」

「あなたは、冬芝さんから、生い立ちや経歴をきいたことがありますか？」

「お父さんもお母さんも、彼が小さいころに亡くなり、親戚の荒垣さんにあずけられたときいていましたが、違いますか？」

「いえ、そのとおりですが、北海道の生まれということは？」

「東京ではないのですか？」

彼女は大きな目を光らせた。

冬芝は彼女に、自分の生い立ちを詳しくは話していなかったようだ。一緒には住んでも、結婚する相手とは決めていなかったのではないか。

彼女はバッグからスカーフを取り出すと、首に巻いた。襟を合わせるさい、グリーンの光沢のある生地の洋服がちらりとのぞいた。

紫門は、よかったら酒を一杯飲んで帰ってくれないかといってみた。

彼女は愁眉《しゅうび》をひらくように、顔をゆるめてうなずいた。彼女には笑顔が似合いそうである。

5

石津家に、大町署から例のロープが届いた。慎重に取り扱ってもらいたいと、注意書きが添えてあった。いかにも警察官のやりそうなことだった。

ロープをあらためて手に取ると、それは新しい物だということが分かった。不帰ノ嶮でこれを使った人間は、それまで使ったことがないのではないか。ひょっとしたら不帰ノ嶮で仕掛けをするために買った物ということも考えられた。

黄色と紺色のこの編みロープは日本製ではない。たぶんヨーロッパから輸入した物だろう。

紫門はきのう会った河原に電話し、冬芝が登山用具を買っていた店を知っているかと尋ねた。

「高田馬場《たかだのばば》の駅の近くにあるKという店です。ぼくは彼と一緒にそこでザックを買ったことがあります」

河原は答えた。

「その店では、冬芝さんの名を知っているでしょうか?」

「名前まではどうか分かりませんが、彼の顔を何人かの店員は知っています。冬芝はその店で山靴を買っていますし、修理に出したこともあります。ぼくがザックを買ったのは、去年の夏ですが、冬芝はそのとき、アイゼンを買いました」

「冬芝さんはロープを買わなかったですか?」

「いいえ」

「冬芝さんは、ロープを持っているでしょうね?」

「見たことはありませんが、持っているはずです。四年前、荒垣さんとニュージーランドへ行く前、Kでロープを買ったといっていました」

紫門は電話を切りかけて思いつき、河原に冬芝の写真を持っているかときいた。

「何枚もあります」

「会社にありますか?」

「最近の山のアルバムをロッカーに入れてあります」

その中の何枚かを紫門は借りることにした。

大町署から送られてきたロープをバッグに押し込んだ。

石津の母親が玄関へ見送りに出て、けさの紫門の目は輝いているといった。

「あなたは東京へ出てくるたびに危険なことをしているのよ。いつもそれを忘れないでね」

彼女は実母のようなことを真顔でいって送り出した。

河原は、冬芝の写真を三枚用意していた。いずれも山行時のものだった。去年の春、南アルプスの鳳凰山《ほうおうざん》に登る途中で撮ったものという。赤いザックを背負った冬芝は、白い糸を何条も垂らしたような滝の前に立っていた。紫門に見せた冷たい目の男とは別人のように柔和な表情である。

「友人の秘密を敵に売るような気分です」

河原はいった。

「お気持ちは分かります」

紫門は写真を受け取ると頭を下げた。

高田馬場駅近くの登山用品専門店Kで、ロープを見せた。山具に精通している主任が出てきた。紫門は業務上このロープを扱った店をさがしているといって、名刺を渡した。

「うちの店では扱ったことがありません」

主任は、ロープを入念に見て答え、百人町《ひゃくにんちょう》のIへ行ってみたかといった。Iへはこれから行くつもりである。その店には紫門の知り合いが勤めている。ヒマラヤの山をやったことのある味上《あじがみ》という山男だ。夏の最盛期には涸沢へ登ってきて、二週間ぐらいテント生活を送るのだ。したがって毎年涸沢に常駐する救助隊員とは顔なじみだ。三也子も味上を知っている。

登山具専門のIには客が数人しかいなかった。一般の人が登山用品を買うのは初夏から夏の盛りである。

味上は地階の山靴売場にいた。口の周りに髭をたくわえた長身だ。

「しばらくです。今度もまたなにかの調査で?」

味上は笑っていった。

「このロープを扱った店をさがしているんだ」

「ヨーロッパの物ですね」

彼はロープ売場へ案内した。そこには登攀用品に詳しい主任がいる。

「ヨーロッパ製の補助ロープですね」

主任は一目見ていった。つまりクライミング用のロープではなく、身体確保のためのメインロープとしては適していないということである。

Iでもこのロープを扱ったことはないといって、主任は電話を掛けた。三、四か所に掛けてから、

「神田のAへ行ってみてください。そこで扱ったか、そうでなくてもどこで売ってい

るかが分かると思います」

　紫門はAという登山用品店へは行ったことがなかった。味上がAの地図を描いてくれた。もしもひまがあったら紫門と一杯飲《や》りたいといった。彼と飲むと、ヒマラヤ山脈の話ばかりをきかされる。

　御茶ノ水駅を降りて七、八分歩いた。Aはすぐに分かった。比較的こぢんまりした店で、いかにも山屋《やまや》が好みそうだった。

「うちで扱いました。イギリス製の補助ロープです」

　紫門がバッグから出した約九・二メートルのロープを、主人は両手で引っ張るようにして答えた。

　主人の話では、これと同じロープの二〇メートルと三〇メートルのを二十本仕入れた。今年の春までに全部売れ、いまは在庫がないという。

「このロープを買った人をさがしているんです」

　紫門は名刺を出した。

「さっき、新宿のIから電話をいただきましたが、そういうことでしたか。しかし、ロープを買った人の名前は記録していませんし、覚えてもいません。ああ、世田谷《せたがや》区の高校の先生が一本買いました。渓流釣りの好きな方です。長年のお付き合いですから覚えていますが、そのほかは……」

紫門はジャケットのポケットから冬芝の写真を出した。

五十過ぎの主人はメガネを掛けた。

「この人……」

主人はいって三枚の写真を慎重に見つめた。

「見覚えがありますか?」

「二十本のうち、最後の一本を買った方です。二〇メートルものです」

「間違いありませんか?」

「この方は、これとはべつにクライミング用のロープもお買いになりました」

「クライミング用は、どんなロープでしたか?」

主人は、棚からロープを下ろしたが、正確に答えなくてはと思ってか、大学ノートをめくった。

「クライミング用はこれです。これは二〇メートルに切って売りました」

赤と緑色の一一ミリの編みロープを指差した。

二本のロープが売られたのは、今年の四月十二日だった。

「補助用ロープが気に入らないのか、手にしてから迷っているようでしたので、残りの一本ですので勉強しておきますといって、五千二百円のところを千円お負けしました」

紫門は主人の話をきいて、二本のロープを買った男は、冬芝に違いないと確信した。

彼はクライミング用のロープを一メートルだけ売ってくれといった。

「一メートルばかり、どうなさるんですか？」

「見本です」

「一メートルでよろしければ、どうぞお持ちになってください」

主人はいって、ロープを一メートルに切ると両端がほつれないように熱処理した。

あらためて冬芝の写真を手に取り、

「間違いない。この方です」

とつぶやいた。

「二〇メートルのロープだったのに、これは半分ほどの長さですね」

といって、黄色と紺色の補助ロープの片方の端に目を近づけた。

「刃物で切断したんです」

「紫門さんが？」

「いや。不帰ノ嶮の岩場に落ちていたんです」

「不帰ノ嶮の……」

「登ったことがありますか？」

「もう十五年ぐらい前になりますが、白馬から唐松へ縦走しました。夏のことですが途中で小雨が降りだして、恐い思いをしました。あんな難所にどうしてこれが？」

「今年の五月十日に、ニュージーランド人の男性登山者が遭難しました」

「新聞で見ました。覚えています」

「僕は岩場に垂れていたこのロープを摑んだために、墜落して死亡したものと考えています」

主人は口を開けて瞳を動かした。自分の店で売ったロープで事故が発生した。しかし岩での摩擦などによって切れたのでないことは、切断面を見れば明瞭である。主人は首を傾げると口をつぐんでしまった。

七章　冥府《めいふ》からのロープ

1

冬芝秀紀は、紫門の三回目の呼び出しに応じないのではないかと思ったが、渋々といった物腰で、中井駅近くの喫茶店へ現われた。きょうの彼は紺色のジャケットに濃いグレーのズボン姿だった。

いつもいる四十歳ぐらいの女性が水を持ってきて注文をきいた。

冬芝は紫門の前に置かれているカップを見て、コーヒーを頼んだ。赤い箱からタバコを一本抜くと、その箱を捨てるようにテーブルに置いた。

「何度も呼び出してすみません」

紫門が先に口を利《き》いた。

「きょうはどんな用件ですか?」

冬芝は口を歪めた。唇の端から煙が洩れた。

彼が紫門を敵視していることは確かだ。だが逃げていられない。紫門の調査がどの辺まで進んでいるかを知らなくてはならないからだろう。

「あなたとお会いするのが、きょうで最後でしょう」

紫門がいうと、冬芝は上目遣いをしてから、

「そう願いたいですね。あなたは社会的になんの権限もないのに、ぼくの身辺や海外旅行の日程を調べたりした。ぼくにとっては不愉快きわまりない人です。きょうも、ぼくとは関係のないことを並べるんじゃないでしょうね？」

「私が調べているのは、冬芝さんに関係のあることばかりです。きょうはお見せする物が二つあります」

「見せる物……」

冬芝は首を伸ばすような格好をして、紫門が横の椅子に置いたバッグに視線を当てた。紫門は上体をひねって、バッグの中の袋から黄色と紺色のロープを取り出す途中で冬芝に顔を向けた。冬芝の目はロープの端をとらえたはずである。紫門の視線に出合った彼は、あわてて目を逃がした。左手の指にタバコをはさんでいながら、右手で赤い箱を摑んだ。

コーヒーが運ばれてきた。冬芝はカップに指をからめたが、すぐに右手を引っ込め、上着のポケットに突っ込んだ。ポケットの中で手が落ち着きなく動いているようだった。

「このロープは、不帰ノ嶮Ⅱ峰北峰の真下のテラスで発見された物です。つまりウィバース氏が死亡していた場所です。今年の五月十日、あなたはこのロープを、クサリ場の脇に垂らしておきましたね？」

「ヘンないいがかりはやめてください。ぼくは不帰ノ嶮になんか行っていない」

「あなたが行っていないのに、なぜあなたのロープがウィバース氏の遭難現場に落ちていたんですか？」

「ぼくのロープ……。いい加減な想像でものをいわないでください。なぜそれが、ぼくのロープなんですか？」

「あなたは今年の四月十二日、神田のA登山用品店でこのロープを買っているじゃないですか。このロープは元は二〇メートルあった。それを不帰ノ嶮で切断した。ウィバース氏がこれを掴み、全体重をかけたところで、ナイフによって切断した。それはウィバース氏が掴んだほうの先端から九・二メートルのところだった。彼はこのロープを掴んだまま、おそらく仰向けに倒れて墜落し、即死した。それを見届けるとあなたは、残りの一〇・八メートルのロープを回収してその場を離れた。たぶん唐松岳を越え、八方尾根をその日のうちに下ったことでしょう」

「バカな。バカなことをいわないでくれ。クサリ場に垂れているロープを、掴む登山者がいますか」

「ウィバース氏の遭難現場がクサリ場だということを、知っているじゃないですか。不帰ノ嶮を渉ったことがないといったあなたなのに」

「紫門さんがいったからです。ぼくだって少しは山をやる人間だ。岩稜の難所にクサリが固定してあるぐらいの見当はつきます」

「ウィバース氏は、いったんはクサリを摑んで、岩のステップを踏んだと思う」

「そうでしょ。たとえロープが垂れていても、それに頼っては登らないものですよ」

「私もそう思いました。私だけではない。現場を見た救助隊員も警察官も、あなたと同じことをいいました。しかし現実にウィバース氏は墜落した。クサリからロープに持ちかえたからです。彼はなぜロープを摑んだのかを、私は五月十日以来ずっと考えてきました」

紫門はグラスの水を一口飲んだ。

冬芝はタバコの赤い箱をもてあそぶようにテーブルの上で動かしている。

紫門は口にしかけた言葉を、水と一緒に飲み込んだ。それは冬芝を逃げ場のない鉄の壁へ追いつめてからいう言葉だった。

紫門は黄色と紺色のロープをきれいに輪にして、袋に押し込むと、赤と緑色のロープを引き出した。

「これは、あなたが四月十二日に、二〇メートルの補助ロープと一緒に同じ店で買ったクライミング用です」

紫門は一メートルに切ったロープを冬芝の鼻先に突きつけた。

冬芝は顔をそむけた。色白の顔が蒼ざめた。

「ぼくはそんな物を買った覚えはない。あなたはなにかの妄想に取りつかれて人違いをしている」

「人違い……。それならこれから神田のA登山用品店へ行きましょう。あなたに二本のロープを売ったのは、その店の主人です。店には記録が残っている」

冬芝はタバコに火をつけた。両手とも震えていた。

「冬芝さんは、ウィバース氏を殺すため、白馬山荘からウィバース氏と樋口氏より先に不帰ノ嶮に着いた。Ⅱ峰北峰で、二人連れを待ち伏せた。二人のうち、樋口氏が先にクサリ場を登り始めても、ウィバース氏だけを墜落させる方法を考えた」

「そんな都合のいいことが、四角にブロックを積み上げたような場所で、できるわけがない」

冬芝は上体を斜めにし、凍るような細い目を光らせた。

四角いブロックを積み上げたような場所とは、不帰Ⅱ峰のことだ。そこを知らない者がいえる地形ではない。

「ところができたんです。……あなたは英会話が堪能だ。ニュージーランドへ単独で行き、メリル氏とも対等に話している」

「また得意の想像を始めた」

「五月十日午後零時ごろ、不帰ノ嶮Ⅱ峰北峰に、ウィバース氏のほうが先に取りついた。樋口氏は彼の健脚にしばしば遅れたため、案内役が後になってしまった。これはあなたにとっては好都合だった。……ウィバース氏は、クサリを摑み、アングルを頼って登りきろうとした。そのとき、あなたは彼の頭上から英語で、『クサリは危ない。ロープを摑め』と叫んだ。黄色と紺色のロープの一端は上部の岩に固定しておいた。おそらく驚いたウィバース氏は、クサリから手を放してロープを摑んだ。垂直の岩場を登るために全体重をそれに委《ゆだ》ねた。あなたはべつのロープで自分のからだを確保していた。それがこのクライミング・ロープだ。ウィバース氏の体重がかかって黄色と紺色のロープがピンと張った。そこにナイフを当てた。ナイロン繊維のロープは、豆腐を切るよりもたやすく切断され、ウィバース氏はなにが起きたのかも分からないうちに墜落し、直下のテラスに全身を打ちつけて死亡した」

紫門の話をきいて、またも凍るような目を向け、「想像だ」といった。

「冬芝さん、いい加減に白状したらどうですか。あなたは不帰ノ嶮の地形を詳しく知っている」

「行ったことがないのだから、知るわけがない」

「あなたはさっき『四角いブロックを積み上げたような』と、不帰Ⅱ峰北峰を指したじゃないですか」

冬芝は震えだした。ついに逃げ場をふさがれたと思ってか、訳の分からないことを口走った。

紫門はしばらく冬芝を見つめていたが、すべてを話してくれといった。

冬芝はそれに答えず、カウンターのほうへ手を挙げた。

例の女性がやってきた。

「バーボンがあったら、ロックでくれないか」

痩せた女性はうなずくと、逃げるように去って行った。

冬芝は酒を飲んだいきおいでひと暴れしそうに見え、紫門は身構えずにはいられなかった。

2

冬芝はタバコを指にはさんだほうの手で、グラスの酒を呷《あお》るように飲んだ。

「あんたも飲みなよ」

灰皿を取り換えにきた女性に紫門は、同じ物を頼むといった。

冬芝は、バーボンをロックで二杯飲んだところで話し始めた。彼の目の縁《ふち》だけが赤くなった。

――四年前の十二月、冬芝は、兄であり育ての親として慕っていた荒垣伸輝とニュージーランド旅行に出掛けた。二人は前の年にニュージーランドへ初めて行き、自然の美しさと厳しい山の容《すがた》に魅せられ、来年は氷河ハイキングをやろうと約束したのだった。

出発前に計画を練り、フォックス・グレイシャーのホテルへ登山用具を送った。フォックス氷河ハイクは氷河を見下ろすハットで一泊する計画だった。その日は天気に恵まれた。ヘリコプターで氷河の上流部に降りた。

氷河を真下に見ながら山を登った。タズマン海を眺め、雄大なサザンアルプスの眺望を堪能し、たがいに写真を撮った。日本の山にない氷と雪に囲まれた風景が嬉しかった。

ハットへ下った。オーストラリアからきたというカップルがいた。四人は酒を飲みながら過去の山行の思い出話に花を咲かせた。

翌朝、カップルは氷河の途中へヘリが迎えにくることになっているといって、先にハットを出発した。荒垣と冬芝は下流まで下るつもりだった。

下り始めて三十分ほどすると、荒垣と冬芝は息を呑んだ。日本で氷河の写真を見たり、氷河ハイクの案内書に載っていた内容とは天と地ほどの差があった。目前に展《ひら》けているのは平坦か緩やかな傾斜ではなく、身長ほどの高さの氷の柱がささくれ立ったように林立し、そのあいだには幅一、二メートルのクレバスが蒼白い口を開けていた。アイゼンを利かせ、ピッケルで手さぐりするように下ったが、小さな丘と氷柱をまたぐたびに胆を冷やす連続だった。

二時間あまり下ったところで、荒垣がセラックを越えそこねて転倒した。そのさい右膝をひねって顔をしかめた。三十分ほど休み、パンとチーズをかじった。

ふたたび歩き始めたが、荒垣の足はますます痛むようだった。休んでいると、五分もしないうちに冷凍庫にいるようにからだが冷えた。だから歩かずにはいられなかった。

荒垣がまたもセラックにつまずいた拍子に、クレバスに頭から転倒した。さいわい裂け目は浅かったから、冬芝は彼を引き上げることができた。が、荒垣は唸って氷の上に仰臥した。頭上には灰を塗ったような雲が広がっていた。

「歩けるか?」冬芝はきいたが、荒垣は目を瞑り返事をしなかった。上部を振り返ったが視界に人影はなかった。冬芝の目に氷河が真っ黒く映った。

そこで三十分ロスした。このまま夜になってしまうような恐怖が襲ってきた。黒い河と化した氷河が動き始めたようにも見えた。

休んだせいか、「大丈夫だ」と荒垣はいって立ち上がった。その顔は蒼白だった。

二人は胴をロープで結び合った。いよいよ荒垣が歩けなくなったら、氷の上をロープで引っ張って下るつもりだった。

傷めた足をかばいながらの歩き方を覚えた荒垣は、額に脂汗を浮かせながら慎重に氷の塔を越えては下った。

どのぐらい下ったろうかと冬芝は上流を振り返った。と、そこに黒い点が二つ見えた。その点は左右に動きながら、次第に大きくなってくるのが分かった。

「助かった」

冬芝は叫んだ。近づいてくる二つの点はハイカーだった。二人とも男であることが明瞭になった。しかも体格がすぐれていそうである。

冬芝は思わず二人に向かってピッケルを振り上げた。二人はセラックの陰に見え隠れしながら軽快な足取りで下ってきた。

近づいた二人は日本人ではなかった。冬芝は英語で話しかけた。

「兄が怪我をした。ヘリのやってくるところまで手を貸してくれませんか」

二人は顔を見合わせ、荒垣の怪我の状態はどんなかときいた。冬芝は説明した。

背の高いほうが歩いてみろといった。荒垣はピッケルを突いて十歩ばかり歩いた。

「歩けるじゃないか。こういうところで他人の助けに頼るような者は氷河へやってくる資格はない。セラックやクレバスと格闘しながら歩くのが氷河ハイクなんだ。君たちは日本人か？」

「そうだ」

冬芝は、二人の人相と体格を目に灼きつけた。

「前にこういう日本人のカップルがいた。ヘリでやってきたが、想像していた氷河とは異なっていた。これではとても歩けないから、女性を背負ってくれないかと頼むんだ。その二人は怪我をしていなかったし、わずか一〇〇メートルばかり歩いただけで音《ね》を上《あ》げたんだ。私は、『甘えるな』といってやったよ。君たちもそのカップルと同じだ。少しばかり山をやったからといって、この国の山や氷河を歩くのは、舐めすぎている。あと一キロ半ぐらいだ。自力で下ることだね」

そういうと二人のニュージーランド人は、時間を気にするように時計を見、笑い合うような表情をして、その場を立ち去ってしまった。

冬芝の目に、眼前のセラックが峻険な黒い岩峰に映った。岩峰は無数にあった。そのすべてが荒垣と冬芝を拒んでいるようだった。空は薄暮のように暗くなった。冷たい風が二人を上流へ押しもどそうとした。

ものをいわなくなった荒垣の肩を抱いて小一時間下った。ヘリの音が風に運ばれてきた。冬芝はひときわ高い氷塔に登って下方を見下ろした。ザックから双眼鏡を出してのぞいた。

はるか下方の平坦地に白い胴に赤いラインを入れたヘリコプターが舞い降りた。それに向かってザックを抱いた二人の男が駆け込んだ。その二人はさっき荒垣と冬芝を見捨てて下ったニュージーランド人だった。彼らはヘリを予約しておいたらしい。それの到着時刻が気になっていたのだろう。怪我人に手を貸していたら、乗り遅れてしまう。だから日本人ハイカーの浅慮と無知識を笑うようなことを並べて去って行ったものに違いない。

ヘリは三分とたたぬうちに空中に浮き、機首をいったん上流に向け、荒垣と冬芝を嘲笑《あざわら》うように消えて行った。

それから約三十分後である。上流に人声をきいて冬芝は振り返った。三人連れが下ってきた。全員男だった。彼らの話し声が歌をうたっているようにきこえた。

近づいた三人もニュージーランド人だった。冬芝は荒垣の怪我を話した。

三人はしゃがんで、荒垣の顔をのぞいた。

「熱があるじゃないか」

「だいぶ参っているな」

三人のうち二人は背中の荷物を軽くするため、メンバーの一人と冬芝に荷を分担した。身軽になると二人で荒垣を抱えた。

「一時間ばかり頑張れ。予約してあるヘリが着く。そこまで下ろう」

三人は荒垣を励ました。

墨を広げたような空の一点から光が差してきた。氷河が朝のように輝いた。

ヘリが到着した。

「君たちはこのヘリで下るといい。パイロットに、怪我人を病院へ運ぶように頼んでおく」

リーダーらしい男がいった。彼はパイロットに、三人が下るためのべつのヘリを要請した。

フォックス・グレイシャーの病院に着いたが、荒垣は口を利けない状態になっていた。医師はすぐに手当てを始めてくれた。

真夜中、荒垣の容態が急変した。医師が冬芝に「声をかけてやれ」といった。荒垣は冬芝の声に応えるように何度か薄目を開けたが、誰かを呼ぶような声を出して、息を引き取った。手当てした医師は、二、三時間早く収容できたらこんなことにはならなかったのにと、冬芝の肩に手をおいた。

冬芝は八歳の初秋の日を思い出した。窓ガラスにコスモスの影が揺れる朝、母が死んだ。母の枕頭で荒垣は実の母の死に直面したように涙を流した。三日後、冬芝はランドセルを背負って荒垣に手を引かれ、千歳空港から東京へ向かった。その日から彼は荒垣を父のように思った。

冬芝はヘリポートへ行き、きのう、自分たちより前に氷河からヘリで下った二人連れのニュージーランド人の氏名と連絡先を尋ねた。理由をきかれたので、「氷河上で怪我人に手を貸してくれたので、礼をしたい」といった。係員は快く二人の名を教えてくれた。

その二人は、クイーンズタウン警察に勤務するエドワード・ウィバースとヴィクター・メリルだった。

冬芝はこのとき、二人に対する復讐を自分に誓った。ウィバースとメリルが、あとから下ってきた三人連れのように、ヘリ・ポイントまで手を貸し、ヘリを譲ってくれたら、荒垣は死ななかった。二人が警察官であるのが、なお憎かった――

3

――荒垣が死んだ翌年一月、新聞を読んでいて冬芝は目を見張った。日本人カメラマンがクイーンズタウンで、警察官に銃で撃たれて死亡したという記事が載っていたからだ。クイーンズタウン警察署は、ウィバースとメリルの勤務先だった。冬芝は二人が、ザックを揺すって氷河を下って行った姿を思い出した。

冬芝は、ウィバースとメリルに対する報復を諦めなかった。ニュージーランドへ渡り二人を殺害したら、四年前の十二月、フォックス・グレイシャーのヘリポートで二人の氏名と連絡先をきいた自分が怪しまれる。そう考えて最低二年間は待つことにした。その間にもし、荒垣の死に対する悔しさが癒えるようなことがあったら、報復を断念することにした。

去年の十一月、冬芝は自分の心を打診した。

報復の意思が生きているかどうかを試した。荒垣の死を惜しむ気持ちと、ウィバースとメリルを憎む気持ちが少しも変わっていないことを確認した。半年ほど一緒に住んでいた理津子と別れた。ニュージーランドに渡ってやらねばならないことがあったからだ。

できることなら二人を山で殺したかったが、ニュージーランドで、そのような僥《ぎょう》倖《こう》に巡り合えるとは思えなかった。どこでもよいからスキを衝き、事故とみられるような殺し方をすることを考えた。ひょっとしたら自分も還《かえ》れなくなりそうな気がし、毎夕、荒垣家へ行っては加代と夕食をともにした。

ニュージーランドで山に登ることを予想し、山具をととのえた。

まずクイーンズタウンへ行き、ウィバースとメリルの住所を確認するつもりだった。が、ウィバースの家の近所の人に、二年前の一月、警察をやめて、クライストチャーチへ転居したと教えられた。冬芝はその転居先をきいた。以前この土地を訪ねたさい、ウィバース警官に親切にされたので、日本からみやげを持ってきたのだと話した。ウィバースの現住所が分かった。

メリルが住んでいたところを訪ねると、彼もウィバースと同じころ警察をやめ、現在はテカポに住んでいると教えられ、その住所をきき出した。

二人が同じころ警察をやめた理由に不審を持ってきくと、近所の人は衝撃的な事件を語った。

荒垣が死んだ翌年一月、日本人カメラマンが真夜中、二警官に拳銃で撃たれて死亡した。その二警官が、ウィバースとメリルだった。この事件の新聞記事を読んだとき、冬芝は目を見張ったものだった。日本人カメラマンが銃を携行しているはずがなかった。つまり丸腰の旅行者を、ウィバースとメリルは窃盗犯人と思い込んで撃ち殺してしまったのだ。

冬芝の頭に、二人に対する怒りが炎《ほむら》のように燃え上がった。氷河で怪我をした荒垣を見捨て、自分たちが予約しておいたヘリコプターの到着時刻を気にして下って行った二人の背中を思い出した。二人は人の安全と生命を守る警官なのに、根は氷のように冷徹な人間なのだ。だから目の前に怪我をした人間がいても手を差し延べようとしないばかりか、少しでも危害を加えそうな人間とみれば、権力を笠に着て銃を使うのだ。

日本人旅行者を撃ち殺してしまったため、警察に勤めていられなくなって退職したのだろう。二人に撃ち殺された男の家族は、二人を恨まなかったのだろうか。恨んだが報復の手段を思いつかなくて諦めているのだろうか。

冬芝はクライストチャーチへ移動し、ウィバース家の周辺で、彼のことを聞き込みした。彼はアカロアの観光会社に勤め、週に一回帰宅することが分かった。

その聞き込みで思いがけない情報を手に入れた。ウィバースが来年五月に日本へ行くというのだ。ウィバースとその妻が近所の人に話したことによると、ニュージーランド旅行にやってきた日本人夫婦と知り合った。その日本人夫婦の夫は山好きで、彼と話すうち、招待するからぜひ一度日本へくるようにと誘われたというのだ。

冬芝は、ウィバースの訪日日程を知っているかをきいたが、そこまでは分からないといわれた。何人かの話で、彼の訪日が決定しているのを知った。ウィバースはその日を心待ちにし、近所の人に話しているのだった。彼は山好きの日本人の招待を受け、一緒にどこかの山へ登るものと判断した。目的の山は富士山ではないかという想像も湧いた。

ウィバースが確実に日本の山に登るなら、その機会を狙うべきだと考えた。

冬芝は、メリルの住むテカポへ移動した。

警察を退職したメリルは、食料品と雑貨の小売店を自営していた。冬芝はその店へザックを背負って入った。食料品を買ってからメリルの妻と思われる女性に、「クックク山やその周辺の氷河の事情に詳しいメリルさんは、こちらのご主人ですか?」ときいた。

女性は奥へ大きな声を掛けた。鼻の下に髭をたくわえた長身の男が顔をのぞかせた。見覚えのある顔だった。赤い髪にも記憶があった。メリルは冬芝を覚えていなかった。

「この近くの店で山の話をしたら、山のことならメリルさんにきけといわれましたので」というと、メリルは相好《そうごう》を崩《くず》し、「奥へ入りなさい」と招いた。

メリルはコーヒーを注いだ。冬芝とテーブルをはさんで向き合った。三年前にフォックス氷河で出会った二人連れの一人とは気づかれないようだった。メリルは氷河で出会った怪我人が、その日のうちに病院で死亡したことを新聞かなにかで知っただろうか。しかしいまはそのことを忘れてしまっているような気がした。

「クックに登りたいのか?」

メリルは冬芝にきいた。

「クックは無理です。それより氷河ハイキングをしたい。初心者でもやれる氷河はどこでしょうか?」

メリルは、タズマン氷河ハイクは比較的楽だからそこにしたほうがいいとすすめ、クック山を囲む氷河の地図を広げた。彼は、この山にも登った、この氷河を登降したと、自慢話を始めた。日本の山屋にも同じような人がいると思った。

「メリルさんは最近は氷河ハイクをしていないのですか？」

「毎年十二月初めにはやるんだが、ここ四、五日忙しかったんで今年はやっていない。君と話しているうちにタズマン氷河を歩きたくなった。あんたはどこに泊まっているんだね？」

「きょうはこの町に泊まり、あしたはマウント・クックへ移ります。ハミテージの部屋が取れたら、三泊か四泊する予定です」

「そうか。そのあいだに私も氷河ハイクをやろうかな。私はいつもトラベロッジに泊まるが、行ったらハミテージに電話をするよ。君の日程と合ったら、一緒にやろう。装備は完全のようだね」

メリルは冬芝のザックに目をやった。それにはピッケルを結わえつけていた。この男はかならずくる、と冬芝は読んだ。

翌々日の夕方、ハミテージにいる冬芝にメリルから電話が入った。それが去年の十二月五日だった。

冬芝は夕食を一緒に摂ろうとメリルをハミテージに呼んだ。クック山の見えるハミテージのレストランでも、メリルは過去の山行を語った。ワインを飲んで機嫌がよかった。

冬芝は、あすは友人が日本からやってくるので一緒にハイキングができないといった。メリルは残念そうな顔をしたが、自分は単独で行くといった。マウント・クック飛行場からスキープレーンで氷河のど真ん中に降り、ハットまで下って、一泊する。次の日は全行程歩きでマウント・クックにもどるという計画だと話した。

冬芝は現地で買った地図を広げ、メリルの歩くコースを正確にきいた。

冬芝は、クイーンズタウン警察署に勤めていたウィバースとメリルのその後の動向を調べるつもりでやってきたのが、メリルが単独で氷河を歩くという僥倖に遭遇した。彼にとってはまたとないチャンスの到来だった。

次の朝、冬芝は飛行場でメリルが現われるのを待った。もしも彼に姿を見られたら、友人を出迎えるためここにいるのだといえばよかった。

ザックを背負ったメリルが単独で現われた。彼が昨夕話したとおり、スキープレーンに乗り込んだ。

冬芝は次のスキープレーンを予約した。パスポートが要るのかと思ったがその提示を求められなかった。それで偽名をカードに書いた。タズマン氷河の平坦地に着陸した。冬芝と同じ飛行機に乗ったのはカップルで、シンガポールからやってきたのだと語った。冬芝は日本人かときかれたので、韓国人だと答えた。カップルは氷河を二十分ばかり散策したあと同じ飛行機で帰るということだった。

冬芝は氷河をひたすら下った。タズマン氷河はフォックス氷河と異なってセラックが少なく歩きやすかった。中央部にはクレバスが口を開けていたが、過って落ち込むような危険地帯はなかった。

約二時間後に、氷河の右寄りを下るメリルが目に入った。冬芝はかまわずメリルに接近した。下方にハットが見えた。

間隔が一〇〇メートルぐらいになったとき、メリルが振り向いた。彼はピッケルを突いて冬芝の近づくのを待っていた。冬芝は手を挙げた。

「なんだ、君か。友だちはどうした?」

「あしたの夜になるという電話が入ったんです。それで……」

冬芝はそういいながら近寄ると、いきなりピッケルのヘッドでメリルの腹を叩いた。メリルは唸り、膝を突き、「なぜだ?」と片目を瞑ってきいた。

鼻先にピッケルのスピッツエを突きつけ、「ウィバースが日本へ行く日はいつだ?」ときいた。

「そんなこと知らない」

「知らないわけはない。彼は自宅の近所の人たちに、来年の五月訪日すると話している。あんたにも話したはずだ」

「君はいったい誰なんだ。なぜ私にこんなことをする？」

膝を突きながらメリルは、自分のピッケルを横に振った。さすがは元警察官で、容易にはひるまないようだった。

冬芝はメリルのピッケルを力一杯叩いた。手がしびれてか、メリルは悲鳴を上げた。

それでも殴りかかろうとし、ピッケルを握り直した。そのピッケルをもう一度叩いた。

「答えろ。ウィバースの訪日の日を」

「殺す気か、私を？」

「ウィバースが日本へ行く日を正確に教えれば殺らない」

「なぜ、ウィバースの訪日の日を知りたいんだ？」

メリルはしびれた手で腹を押えた。

「きくな、そんなこと」

「それを知るために、君はニュージーランドまでやってきたんだな。ウィバースが日本へ行ったら、どうする気なんだ？」

「うるさい。きいたことだけを答えろ」冬芝はアイゼンを着けた山靴でメリルの脛《すね》を蹴った。

「ウィバースが日本へ出発するのは来年の五月初めだ。私はそれしかきいていない」

「訪日の目的は？」

「日本人の友だちに招待されたんだ」

「あんたは、ウィバースからそれを直接きいたのか？」

「そうだ」

「彼を招待した日本人は、どういう人間なんだ？」

「ニュージーランドへ旅行にきたとき、知り合ったということだが、詳しいことは知らない」

「彼を招待するのは山好きの男らしいが、その男とウィバースは日本の山に登るのか？」

「そうらしい」

「なんという山へ登るのか、きいているか？」

「知らない」

「登山以外のスケジュールをきいているか？」

「日本人の墓参りをする」

「墓参り……。誰の？」

「君には関係のない人だ」メリルは、冬芝のスキを衝くようにピッケルで足を払おうとした。冬芝は彼の肩にピッケルを振りおろした。メリルは白目をむいた。脳震盪を起こしてか、横に倒れた。冬芝は彼の手首からピッケルのバンドをはずした。両足を引っ張り、氷河右寄りの氷壁ぎわまで滑らせて運んだ。

メリルは首を緩く動かしたり、手を挙げようとしていた。冬芝は、岩壁に盛り上がった氷をピッケルで叩き落とした。人の頭の二倍ぐらいの氷塊が二つ転がり落ちた。彼はそれを持ち上げるとメリルの頭に落とした。メリルは長い足をピク、ピクと動かした。氷塊を腹にも肩にも落とし、絶命を確かめた。

どこにも人影はなかった。冬芝は白い氷壁を五、六メートル攀《よ》じ登《のぼ》り、庇のように張り出している岩棚を叩いた。岩棚は案外もろく、氷片を飛散させて崩れ落ちた。尖った氷片はメリルの上にも降りかかった。こうしておけば、岩棚の崩壊をモロに受けて遭難したものとみられるに違いなかった。

冬芝はハットに入らず、何度も上流を振り返りながら、白から次第に灰色に変わる氷河を下った。夜が訪れると、山がゴーと鳴った。ときどき足下で不気味なきしみ音がした。氷河が動くような気がした。コツ、コツと氷の面を叩くような音もしたし、石か氷塊を冬芝めがけて投げつける者がいるように、彼の前後にコロコロと転がる音がした——

4

——五月になった。冬芝は一日から成田空港の到着口に立った。クライストチャーチからの便は、毎週月、火、水、土、日曜日の夕方に着く。一日一便である。ウィバースは五月初めに訪日する、とメリルがいっていた。何日にやってくるか分からない。だから木、金曜日をのぞく他の日を張り込むことにした。

去年十二月、タズマン氷河でメリルを殺したあとアカロアへ行き、観光会社に勤務するウィバースを観察した。彼の人相と体格を目に灼きつけて帰国したのである。

ゴールデンウィーク中で、成田空港は海外へ出発する人、帰国した人たちでごった返していた。

五月五日の夕刻、やや赤ら顔のエドワード・ウィバースは到着した。大型ザックを背負い、ハードケースを転がしてゲートを出てきた。ザックには布を巻いたピッケルが結わえつけてあった。

彼は出迎えの人に向かって手を挙げた。彼が満面に笑みをたたえて握手したのは四十二、三歳の男だった。日本人に違いなかった。彼を日本に招待した山好きの男なのだろう。

冬芝は、ウィバースと、成田空港で出迎えた男を尾行した。二人が着いたところは東京・中野区の住宅街にある構えのいい一軒家だった。その家には「樋口」という表札が出ていた。冬芝はほっと息をついた。ウィバースの来日と、滞在中の拠点を確認することができたからだ。もしも彼がホテルに滞在する場合は厄介だと思っていたのだ。

冬芝は次の日、樋口家の門が見える場所でウィバースが出てくるのを待った。午前十時半、きのう成田空港で出会った男と、その妻らしい女性とともにウィバースが出てきた。彼は白いワイシャツにネクタイを締め、手には小さな包みを持っていた。

三人が訪れた先は墨田区の「坂上」という表札のある家だ。その家へはウィバースだけが入り、樋口夫婦と思われるカップルはすぐ近くの喫茶店へ入った。

ウィバースは、一時間ほどすると坂上家の人に見送られて出てきた。道路で坂上家の人に何度も頭を下げた。フォックス氷河で、「こういうところで他人の助けに頼るような者は氷河へやってくる資格はない」といい放って、怪我をして歩くのがやっとの荒垣を見捨て、予約しておいたヘリコプターの到着時刻を気にしながら立ち去ったり、丸腰の日本人旅行者を拳銃で撃ち殺した、非情な男とは別人の観があった。

ウィバースは樋口夫婦と落ち合うと、上野の寺を訪ねた。彼は途中で買った菊の花束を抱えていた。三人が合掌する墓石には「坂上家代々之墓」と太字が刻まれていた。彼は黒光りした墓石の前に花を手向《たむ》け、樋口夫婦にならって線香を供えた。

冬芝には坂上という苗字をどこかで目にした記憶があった。墓石を前にしている三人を墓地の隅から見ているうち、はっと気がついた。三年前の一月、クイーンズタウンで警官のウィバースとメリルに撃たれて死亡した日本人カメラマンが坂上という姓だったような気がする。

訪日三日目、ウィバースは樋口家を樋口夫婦と一緒に昼少し前に出てきた。電車で銀座《ぎんざ》へ行き、レストランに入った。午後はデパートに入り、二時間ほど売場を見て歩き、買い物をした。ウィバースは、銀座通りや商店のウィンドーをカメラに収めていた。新宿にもどると、樋口がみどりの窓口で列車のキップを二枚買った。そのあと西口のカメラ量販店でウィバースはフィルムを買った。彼はカメラ売場をしばらく見ていた。軒を並べた量販店の盛況が珍しそうだった。

フィルムを何本も買った姿を見て、あすあたり山登りに出発しそうだと冬芝は見当をつけた。

この読みは的中した。五月八日の朝冬芝は、新宿のコインロッカーにザック、山靴、ピッケル、二本のロープを入れておいた。ロープは山でウィバースを殺害するさい役に立ちそうだと思って買っておいたのだった。

ウィバースは樋口とともに登山装備をして出てきた。二人は新宿駅の六番線ホームへ向かった。これを見て冬芝はコインロッカーからザックや山靴を出し、六番線ホームへ急いだ。入線してきた特急は南小谷《みなみおたり》行きだった。

冬芝は、ウィバースと樋口の座席を確認した。隣り合わせに腰掛けた二人は楽しげに話し合っていた。

約三時間後、二人は白馬で降車した。八片尾根から唐松岳に登るか、白馬岳登山だろうと予想した。しかしクック山やそれを囲む氷河ハイクを何度となく経験しているウィバースには、両方の山は不満ではないかと思った。だが、どちらからか縦走することが考えられた。唐松から五竜を経て鹿島槍へ渉るか、白馬から不帰ノ嶮を越えるのかもしれなかった。

ウィバースと樋口は、長野オリンピック前に改築した東急ホテルへタクシーで向かった。

それを見とどけてから十五分ぐらい後、冬芝はそのホテルへ電話し、空室はあるかときいた。部屋が取れた。彼もそこへ泊まることにした。

部屋に入って窓から見下ろすと、ウィバースと樋口がカラマツの疎林の中の小径《こみち》を散策していた。八片尾根へ登るロープウェーでも見に行くのだろうと思った。

夕食のレストランでは、ウィバースの背中の見えるテーブルで肉を食べた。二人はワインを酌み交わしていた。ときどきウィバースの笑い声がきこえた。

冬芝は、ウィバースの席へ料理を運び、三、四分会話していた蝶ネクタイのボーイに、「あの外国人は、どこからきたの?」ときいてみた。

「ニュージーランドの方だそうです」

ボーイは笑顔で答えた。

「山靴を履いているけど、どこへ登るんだろうね？」

「白馬岳だそうです」

冬芝はうなずいた。

翌朝も朝食のレストランでウィバースと樋口の姿を認めた。そのあと冬芝はロビーにいた。二人はタクシーを呼んで出て行った。一足遅れて冬芝もタクシーで猿倉まで登った。二人には大雪渓で追いついた。

さすがにウィバースは健脚そうで、アイゼンを利かせて雪渓を踏んでいた。下のほうから見ていると案内役である樋口が、ウィバースに引っ張り上げられているようだった。

二人は白馬山荘に入った。冬芝は二十分ほど遅れて山小屋に宿泊を申し込み、「白馬岳登頂後下山」と、あすの登山計画を記入した。

夏場の最盛期には千人以上が入り、診療所も開設されて混雑するこの山小屋だが、雪のある現在はスキーヤーが主といった感で、宿泊者は数人しかいないようだった。

夕食の食堂で冬芝は、近くのテーブルからウィバースと樋口をそれとなく観察していた。そのあいだに、ウィバースと目が合った。しかし、ウィバースにはなんの反応も表われなかった。彼は冬芝を完全に忘れているようだった。

翌五月十日の朝は曇っていた。天気予報は、日中曇り、夜は雨ということだった。

樋口に並んで山靴の紐を結んでいるウィバースに、冬芝は声を掛けた。

「どちらからおいでになったんですか？」

ウィバースは顔を向けて微笑み、ニュージーランドだと答えた。彼は冬芝の顔を見たが四年前にフォックス氷河上で会ったことは思い出さないようだった。

「縦走ですか？」

「そうです。唐松岳へ向かいます」と答えた。

「唐松へ。難所を越えるんですよね」

冬芝がいうと、ウィバースは「大丈夫だ」というふうに目を細めて首を振った。

冬芝は一足先に山小屋を出、いったん白馬岳を向いたが、すぐに踵《きびす》を返《かえ》すと反対方向へ歩いた。ウィバースと樋口とはできるだけ間隔を開けておきたかった。足を早めて杓子《しゃくし》ピークを越えず富山側のコースを進んだ。鑓《やり》に近づいたところで杓子を振り返った。雪面に小さな虫のような二人の姿が見えた。双眼鏡をのぞいた。ウィバースと樋口に間違いなかった。

天狗ノ大下りにさしかかったとき、二人とは二十分ぐらい間隔が開いていることを知った。

小雨が降り始めた。転げ落ちそうな急斜面の稜線を薄い霧が這っていた。不帰キレットで振り返ったが二人の姿は見えなかった。冬芝を追い越す者はいなかった。天狗ノ大下りで唐松方面からやってきた二人連れを下のほうに見て、岩陰に身を潜めた。からだの芯まで冷やすような霧に濡れて不帰の最難所に取りついた。Ⅱ峰北峰を一〇メートルほどクサリを摑んで攀じ登ったところで、ザックからロープを二本取り出した。赤と緑色のクライミング用ロープで、岩に自分のからだを確保した。もし滑り落ちるようなことがあっても、四、五メートルでとまるように、ロープを胴に巻いた。黄色と紺色の補助ロープをクサリ場に垂らした。上部の先端を岩場のアングルに結わえつけた。彼は垂直の岩場に突き出た岩の上に腰をおろした。

霧が濃さを増したように見えた。風はほとんどなく山は死の世界のように静まり返った。たぶん樋口が先に登ってくるだろう。その場合、ブロックを積み重ねたような四角い岩の陰に身を沈めて、彼をやり過ごすつもりだった。が、二十分ほどして人の気配を感じた。岩の下をのぞいた。上を見上げてクサリを摑んだのはなんとウィバースだった。樋口は遅れたようだ。

クサリが岩に当たって鳴った。ウィバースは両足を広げて踏んばり、次のステップをさがしてクサリから片手を放した。三、四メートルは攀じ登ったようだった。そこで冬芝は英語で叫んだ。「クサリは危ない。ロープを摑め」と。驚いたふうにウィバースは上部を仰いだ。「ロープだ」冬芝はまたいった。

ウィバースの片手がロープを摑んだ。両足を岩に打ち込まれているボルトに掛け、両手でロープに吊り下がる格好になった。ロープは針金のようにピンと張った。冬芝はそこへナイフを当て、煽《あお》るように引いた。ロープは音もなく、切れた。ウィバースは短く叫んだが、両手を広げ、手首に結わえたピッケルを放り投げるような手つきをして宙に浮いた。

冬芝は残りのロープを回収した。自分の胸に巻いていたロープをほどき、ザックに押し込んだ。ウィバースが鳥のように宙に舞ってから二分ほどして、樋口がクサリ場に着いたのが見えた。

冬芝は北峰を登りきり、唐松岳方面を向き、這って難所を越えた――

冬芝は、話し終えるまでにバーボンを四杯飲んだ。上体を斜めにして一点に目を据えているが、酔ってはいないようだった。

「警察へ行ってくれ」

紫門はいった。

「あんたが電話すればいいじゃないか」

冬芝は瞳を動かさなかった。

紫門は携帯電話で小室に掛けた。冬芝の目の前で彼が犯行を自白したことを告げた。切って二、三分すると、大町署の吉村刑事が掛けてよこした。紫門は冬芝と向かい合っている喫茶店とその電話番号を教えた。

「そこの所轄署に連絡する」

吉村は興奮しているのかあわてているのか、声が震えていた。

十分ほどすると、パトカーのサイレンが近づいてきてやんだ。

冬芝は氷だけが底に残ったグラスを握ると、遠くを見る目になった。その瞳から大粒の涙をこぼした。犯行を見破られた悔しさではなく、なにかを思い出して泣いているような目だった。

紫門はすぐにも三也子に電話したかったが、夜にでもゆっくり話すことにした。

喫茶店のドアが開いた。男が二人入ってきた。外から光を背中に受けた男たちの姿は、影のように黒かった。


（了）

本書は一九九九年七月に光文社より刊行された『殺人山行不帰ノ嶮』を改題し、大幅に加筆・修正した作品です。

なお本作品はフィクションであり、実在の個人・団体などとは一切関係がありません。

文芸社文庫

不帰《かえらず》ノ嶮《けん》 殺人山行

二〇一八年八月十五日　初版第一刷発行

著　者　梓林太郎
発行者　瓜谷綱延
発行所　株式会社　文芸社
〒一六〇－〇〇二二
東京都新宿区新宿一－一〇－一
電話　〇三－五三六九－三〇六〇（代表）
〇三－五三六九－二二九九（販売）
印刷所　図書印刷株式会社
装幀者　三村淳

ISBN978-4-286-20114-6